吉岡逸夫

クロスロード

Crossroads

KK ロングセラーズ

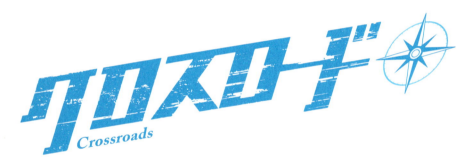

クロスロード Crossroads

CONTENTS

プロローグ　4

第一章　協力隊訓練所

異なる二人　28

小さな事件　34

第二章　フィリピン

イフガオ州マヨヤオ　55

二つの歓迎パーティー　60

ジャパニーズフィッシュ　68

CONTENTS

第三章　出会い

物乞いの少年　80
思わぬケガ　86
マヨヤオの水田　93
ルナス　96

第四章　革命と別れ

マニラでの洗礼　110
クーデター　116
志穂の葛藤　120
別れ　133

クロスロード Crossroads

第五章　帰国

世界一周の旅　142
ギリシャのアトス　148
泥棒との遭遇　152
旅の終わり　156
地球のイメージ　159
フリーランスとしての再出発　162

第六章　吉里吉里

フィリピン再訪　185
あとがき　202

写真／吉岡逸夫

プロローグ

霧がかかったようなぼんやりとした交差点。沢田樹が、その一角に立っている。周囲にはジャカランダの花やココナッツやバナナの木が迫っているので、日本ではなさそうだ。

後ろを振り返ると、交差点の向こうに羽村和也が大きな目で笑みを浮かべ立っていた。二人ともまだ若い。二十代だろうか。沢田は驚き、半歩退いた。

すると、羽村が握手を求めるように、手を差し伸べてきた。声は聞こえないが、アハハと笑ったようだ。

沢田は躊躇したが、羽村の求めに応えるように、手を差し出し、近付いて行った。すると、羽村の顔から笑顔が消え、無表情が残った。

沢田と羽村を遮るように、目の前を車が通り過ぎた。後に、羽村の姿はなかった。

その時、突然目が覚めた。サイドテーブルの上に置いてあった携帯の着信音が鳴ったからだった。

沢田が飛び起きて携帯を耳にあてた。まだ眠い。

女性の甲高い声が聞こえた。

「…はい」

沢田は、とりあえず返事した。

雑誌の編集長・石井由香からだった。

「ごめん、寝てた？　デイズフォトの石井です」

沢田は仕事だと思い、シャキッと上半身を起こした。

「あ、おはよッス。起きてました」

「ホント？　まっ、いいや。朝イチで電話して悪いけど、来週、空いてる？　沢田君に撮影頼みたいんだけど」

「全然ＯＫ。で？　取材先は？」

「岩手県大槌町吉里吉里《きりきり》」

「岩手？」

「あの大震災の被災地。震災で倒壊した家屋の瓦礫から薪を作ったＮＰＯ法人があるのよ。積極的に復興活動を続けているモデル地区なの」

「へえ」

「その『今』を、撮って来て欲しいワケ。取材先の代表には、もうアポ取ってるから。名前は…羽村さん。羽村和也って人」

「！　羽村……和也…？」

沢田は驚いた。さっきまで夢の中に出ていた相手、それが羽村だった。仕事に追われて、すっかり忘れかけていたのに、どうして夢の中に現れたのだろう。二十代の頃は頭から離れない男だったが、もう十年も会っていない。

夢が現実を呼んだのだろうか。それとも、夢は何かの予感なのだろうか。しかし、思い出せば出すほど、羽村という名前は恨めしかった。

「それで、取材の段取りなんだけど…」

由香は羽村の思惑には関係なく話を続けた。

「……」

「？　もしもし？　沢田君、聞いてる？」

沢田はしばらく黙ったままだった。


その日、沢田はずっと仕事が手に付かなかった。沢田の仕事はフリーカメラマン。といってもスタジオで撮る商業的なカメラマンとは違う。週刊誌や写真誌のグラビアなどを撮る報道カメラマン。「デイズフォト」は、沢田が最もよく出入りしている月刊誌だ。最近の週刊誌はヌードグラビアや「絶景」などと謳った風景写真などばかりで、沢田が求めるニュースや人間ドキュメンタリーは扱ってくれない。本当は、コマーシャル写真なども撮ればいいのだが、沢田は、どうもそういう気にはなれない。

だから、仕事は減る一方。もうすぐ三十六歳になるが独身で実家住まい。いつ仕事がなくなるかもしれない不安をいつもかかえていた。沢田は戦場などの危険地帯で取材するのが得意だが、このところやりにくくなっている。外国人が中東で拘束される事件が次々と発生しているからだ。捕まるのはジャーナリストに限らず、難民などを支援するＮＧＯのメンバーや国連職員にまで及んでいる。

かつては、戦争取材でジャーナリストが狙われることは稀だった。戦争当事者たちにとって、ジャーナリストは自分たちの意見を世界に伝えてくれる、いわば利用価値の高い存在だった。ところが、最近ではインターネットが発達し、言いたいことがあれば自ら発信できるようになり、ジャーナリストに頼る必要がなくなった。ジャーナリストは単に身代金の取れる餌食でしかなくなったのだ。

そんな状況だから、沢田は将来のことを考えると不安で仕方なかった。

沢田は石井編集長からの電話に出てきた羽村のことが気になっていた。羽村が代表を務めているというNPO法人吉里吉里国のホームページを調べてみた。状況が次第に分かってきた。沢田は知らなかったが、羽村は二〇一一年の東日本大震災の被災者だった。

羽村の住んでいた岩手県大槌町吉里吉里地区は、故井上ひさしの小説「吉里吉里人」の舞台として知られる所で、人口約二千五百人。津波で八十数人が死亡あるいは行方不明。住民の三分の一が何らかの被害に遭っていた。多くの漁師たちは家を失い、船も失い、難民と化していた。

そこで立ち上がったのが羽村だった。羽村は、津波の被害で積み上げられた瓦礫を利用し、それを約三十センチの長さに切り、束ね、「復活の薪」と称してインターネットで販売していた。それは次第に評判を呼び、全国から問い合わせが殺到、購入には半年待ちの状態だった。また、世界中からボランティアが駆けつけ、薪作りを手伝っている。いわゆる復興のシンボル、被災者たちの生活の糧を作り出している状況だった。吉里吉里は、小説でも描かれているように、昔から行政に頼らない自立心の強い土地柄で、今回の震災でも、真っ先に復興に取りかかった。羽村は、そこでリーダー的存在となっていた。

さすが羽村だと思った。

「あいつ、未だにボランティアをやっている。ムカつくな」

沢田は、思わず舌打ちした。沢田は昔から羽村のことが気に入らなかった。自分より二つ年下なのに優秀だった。背も高く、日本人離れしたくっきりとした目鼻立ちで、まじめ一本槍だった。沢田も同じようにスラリとしていたが、羽村とは異なるタイプで、性格も適当なところがあった。ボランティアという言葉も偽善的で嫌いだった。

「あの優等生が」

沢田は、貧しい中で育ったので、あの余裕で他人のことまで考えて動くボランティアという精神がどうにも気に入らなかった。

沢田の家が貧しくなったのには原因がある。父親の辰夫は阪神大震災をきっかけに亡くなった。

小さな工場を営んでいた父は、人がよく工場のことだけでなく近所や町内についても面倒見がよかった。いつも町内会の役員を引き受け、会合だといっては出かけ、ビル建設の反対運動といっては先頭に立ち、ゴミ問題があるといえば対策に乗り出した。自分の仕事が忙しいくせに、独居老人に毎日弁当を届けたり、近所の娘さんに見合いの相手を紹介したりもするお節介でもあった。

阪神大震災をテレビのニュースで見た時には、まるで自分の親戚が被害にあったかのように、週末には神戸に行って被災者の手助けをしていた。ただでさえ忙しいうえに無理なスケジュールで睡眠不足が続く。ある時、神戸からの帰り道、居眠りをしていたのであろう、交通事故で亡くなってしまった。

それ以後、沢田の家は貧乏のどん底になった。工場はたたみ、おりた生命保険金も従業員の退職金に消えた。母親奈津子のパートでしのぐ生活。それではとても暮らせないので、まだ大学生だった沢田の兄洋介がさまざまなアルバイトをして仕送りをした。兄は、沢田と違って小学生のころから学級委員や生徒会長を務める優等生。人望もあり、しっかり者だった。教科書など一回読めば、ほぼ理解して肝心のところはほとんど記憶していた。それにひきかえ、沢田はごく平凡だった。兄を知る教師は、「お兄さんは頭がよかったのになあ」と親しみを込めてか、沢田の頭を大きな手でつかみながら話した。それは沢田にとって親しみや愛情でも何でもなく、ただの侮辱でしかなかった。ただでさえ少ないプライドが、粉々に壊れるようであった。

兄は母を助けるために昼も夜も働き詰めだったが、優秀な成績をキープし、大手電力会社に就職した。

一方、高校生だった沢田は、父が亡くなってからは勉強が手につかず、成績はどんどん下がっていった。「この先、自分の将来はどうなるのだろう」という不安ばかりが募ってきて、とても勉強に集中できない状態だった。高校では写真部に属し、カメラばかりいじっていた。同級生の女子たちを撮影して喜ばれるのが嬉しかった。当時は、まだデジタルではなくフィルムが主流だったので、学校にも小さな暗室があった。そこでプリントして見せると、女子高生たちは、まるで手品でも見るように驚嘆の声をあげた。薄暗い赤ランプの下で、現像液の中に印画紙を入れると、像がゆっくりと浮かびあがってくる。それは本当にマジックのようだった。

「すごいね、沢田君」と女子たちに言われると、沢田は嬉しくなった。貧しく勉強もできず、どんどん小さくなっていく自分が、そこでは存在感を増し、自信をとりもどすことができた。

それでも、母は「洋介は、あんなにアルバイトしてもいい成績をとっているのに、あなたは写真ばっかり撮って。なんとか大学には行かせてあげようと思っているのに」と愚痴をこぼす。

そんな言葉を聞くたびに、沢田はみじめな気持ちになった。兄だけでなく、沢田の親戚も秀才揃いで、有名大学に進学したり、大きな企業に入って活躍したり、中には医者になった従兄弟もいた。

ああ、いやだいやだ。どうして、みんな大学だの有名企業だの。まるで、それが唯一の幸福をつかむ道だと言わんばかりだ。こんな日本は嫌だ。そんな漫然とした思いが募っていった。

これも全部親父のせいだ。人のためだ、人のためだとボランティアばかりして。そのあげく自分が死んでしまい、家族を路頭に迷わせる。ボランティアなんて、金持ちの道楽だ。貧乏人がそんなことをやるべきではない。偽善もいいところだ。

父を憎み、周囲を憎み、ボランティアというものにも憎しみに似た感情を抱くようになった。

吉里吉里国のホームページに、気になる一言があった。震災から二週間後に羽村が書いた言葉だった。

「家族は全員無事です。協力隊を終え、九年前に体ひとつでの生活を、この町で始めました。当時、知人・友人は皆無、疲れを知らぬ体だけを持っていました。すべての物を失ったいま、それでも私には心かよう仲間が大勢います。廃墟の町に立ち、九年前に戻っただけなんだと自分を慰めています。援助物資、必要な物は何もありません。欲しいものもありません。大津波で犠牲になられた方々に、日本各地の空の下より合掌を申し上げます。吉里吉里の海は今日も穏やかです」

震災直後だというのに、どうして「何も要りません」なんて書いているのだ。被災という極限にあっても自分のことはどうでもよく、他人のために気を遣うのか。お金持ちが余裕で他人のために尽くすのはまだ分かるが、自分が立ちゆかなくなっているのに、どういう男だ。とうてい自分には理解できないと沢田は思った。

吉里吉里に行くにあたって、一人では羽村に会いにくい。昔のこととはいえ、よく言い争った。苦手な相手だった。

栃木県宇都宮市に住む早見（旧姓・野村）志穂を誘ってみようと思った。東北自動車道で行けば、途中でピックアップできる。志穂は羽村と同じ三十五歳、同期の助産師隊員で、一緒にフィリピンに行った仲間。今は結婚して二児の母だ。

志穂はスラリとした美人だが、何でもずけずけと言うので、沢田としては昔からつきあいやすかった。

志穂に電話すると、「久しぶりだから行ってもいいよ」と言ってくれた。子供も留守番できるほどには大きいし、いざとなれば、実家が近いので何とかなるようだった。

沢田は、レンタカーを借りて一路東北に向かった。今回の旅は車で行った方が動きやすい。吉里吉里だけでなく、他の被災地の様子も見ることができるからだ。

途中で志穂をピックアップした。

沢田はすぐに、志穂に吉里吉里国のホームページを見せた。志穂は、タブレット端末に映る吉里吉里国のブログの画面に目を落とした。

読み終わると、志穂が言った。

「なんか、羽村君、今も協力隊みたいだね」

「アイツ、歩く協力隊だから」

「自分も協力隊員だったくせに」

志穂は皮肉っぽく応じた。沢田は何も言えなかった。しばらく、二人は桜がちらほら咲き始めた車窓を眺めていた。

「こっちは、これから桜なんだ。関東はもう終わったのにね」

「羽村君とは、十一年ぶりだね」

志穂は空を眺めながら話し始めたが、急に沢田の方に向いて言った。

「つーか、取材の仕事に、何で私も一緒に連れてくワケ？」

「…志穂も、フィリピンの同期だし…」

「…私、アンタ達の緩衝材なんでしょ？」

「え？　そういうわけじゃないけど」と沢田は口ごもった。

「ま、いいけどね。私も久々に、仕事や旦那と子供の世話から解放されるの嬉しいし」と軽く伸びをした。


沢田は、若い頃の自分を思い出していた。

二十歳のころから、塩津甚八という業界で少しは知られた商業カメラマンの弟子をしていた。

勉強をしなかった沢田は、大学受験に失敗した。どうしようか迷ってはいたが、写真ぐらいしか取り柄がなかったので、写真の専門学校に進んだ。母は、大学に進学して欲しいと望んでいたが、沢田はすっかり自信をなくしていた。専門学校の入学金や授業料は高かったが、アルバイトをしながらなら、何とかやっていけそうだった。

写真学校に入学したものの、けっして楽しい学園生活が待ち受けていたわけではない。同級生は茶髪の軽薄そうな若者ばかり。「どうせ大学に入れなかった落ちこぼればかりなんだろう」と心の中で軽蔑してみたが、それはそのまま沢田自身に突き刺さった。

写真を初めて勉強する連中もいて、すでにカメラの経験のあった沢田からすれば、授業はかったるいものだった。

もう学校に行っても仕方がないから、辞めようかとも思ったが、それでは母に申し訳ないと思い、仕方なく通った。それに、秋吉という野外実習の先生にだけは「君、上手いね」と褒められたので、続ける気持ちになった。

だが、卒業してもろくな就職先はなかった。現像所やカメラ店のスタッフ、スタジオのアシスタントぐらいしかない。多くの同級生たちは、写真での仕事をあきらめた。

沢田は、秋吉先生の紹介でなんとか塩津カメラマンの弟子についた。最初は、本格的な写真の世界に入ったという達成感があり、それなりに楽しめたが、一年、二年と経つうちにマンネリ化していった。本当にこんなことをやっていていいのだろうかと思い始めた。沢田は、本来は勉強が嫌いな少年ではなかったが、根がまじめなので考え込むことがある。画一的な受験勉強が向かないだけで、世の中の本当のことが知りたいという気持ちは強かった。

写真学校の図書館では報道写真集などもよく見ていた。中でも南アフリカのカメラマン、ケヴィン・カーターが撮った写真「ハゲワシと少女」に胸打たれた。写真もそうだが、カメラマンがその後、謎の自殺をとげたというのもショックだった。この写真が世に出た時、多くの非難を浴びた。「なぜ、撮る前に少女を助けなかったのか」というのだ。その非難の声に屈したのかどうかは定かではないが、カメラマンは世を去った。

――自分だったら、自殺はしない。世の中は撮る前に助けろというが、それは偽善だ。一枚の写真が飢餓を伝え、多くの人々を救うことだってあるんだ。いつか俺だって、こういう写真を撮って有名になってやる――

沢田は、そう思った。しかし、現実はスタジオカメラマンのしがないアシスタントにすぎない。

その日は新作水着の撮影だった。スタジオ内は、白バックの反射でまぶしい。ストロボが光とともにポッ、ポッと人工的な音を発していた。撮影が一段落し
「ＯＫ！　じゃあ衣装チェンジ」と塩津の大きな声がすると、

「衣装チェンジしまーす！」と沢田も応える。

現場の緊張が緩み、女性モデルが、スタイリストにバスローブを着せられ、衣装替えに向かう。小道具など片付け始める沢田に、塩津が近づいてきた。

「来週は、クッキングマガジンのブツ撮りだ。また忙しいぞ」

塩津の声に、沢田が反応しない。

「？　どうした？」

「…塩津先生は、もっと社会的な写真は撮らないんですか？　貧困に悩む人々とか、戦争の悲惨さとか…」

「はあ？」

塩津はすっとんきょうな声を出した。

「俺、そういう写真が撮りたいんです。もっと人の心に訴えるような写真って言うか」

塩津は苦笑し

「俺の写真は、人の心に訴えないか…」

沢田は慌てて

「いえ、そういう意味じゃなくて…すみません…」と目を伏せた。

塩津は、じっと沢田を見ているが、沢田はただずんだまま反応しない。回転椅子に座ったまま、塩津が静かに話し始めた。

「前に俺のアシスタントについてたヤツがさ、いきなり、『今日で辞めさせてください！』って、言ってきたんだよ。『何でだ？』って聞いたら、『青年海外協力隊に行く』って言うんだよ」

「…協力隊って…あの、アフリカで井戸掘ったりする、アレですか？」

「ああ。なんでも、色んな募集があって、写真を教える職種もあるんだってさ」

沢田は黙っている。塩津はフッと笑い

「俺がアシスタントの時、師匠にそんな事言ったら、『バカヤロー。半人前の奴が逃げてんじゃねェ！』って、殴られてただろうな。…でも、俺はそいつを黙って送り出してやった。人それぞれだからな」

その時、奥から「シオちゃん、衣装チェンジ終わりました！」「まもなく入りまーす」

とスタッフの声が飛び交った。塩津は、

「ま、道は一つじゃないってコト」と沢田の肩をポンと叩いてスタンバイを始めた。

沢田は黙って、何かを考えているようだった。

その夜、夕食時に母・奈津子が、

「明日は、お父さんの命日ね」と仏壇に飾られた沢田の父・辰夫の遺影を見ながら話しかけてきた。

沢田は反応せず静かに食べている。

「お墓参り行くんだけど…」

「俺、仕事あるから」

沢田はやっと応えた。

「…分かった。…どうなの？　最近、仕事は」

「相変わらず、使いっ走り。つまんない仕事ばっか」

といって、箸を漬け物に伸ばした。

「例えばなんだけどさ…、そんなに行き詰ってるなら、環境を変えるって手もあると思うの」

「何それ？」

「海外で写真を勉強するとか…」

「留学？　そんな金無いし」

「あとは…海外青年何とかっていうのあったよね、ボランティアで行くとか…」

沢田は食べる手を止めた。

「…母さん、カメラマンの塩津さんと何か話した？」

「？　ううん。それ、どういう事？」

「…別に。ただ、塩津さんも協力隊の話してたから」

「そうそう、それ、青年海外協力隊っていうやつ」

「偶然か…」

沢田は再び食べ始めた。奈津子は、

「私はただ、そういうのもいいかなって…」

「ボランティアなんか、興味ないよ。そんなの誰かやりたいヤツがやりゃいいんだ」

「…お父さんが、よく言ってたわ…。誰かがやればいいと思ってる事を、なぜ自分でやらないんだって…」

「親父の話は、いいよ！　ボランティアなんて、偽善だよ。ただの自己満足じゃないか。その自己満足で、結局周りの人間が犠牲になるんだ！　親父が死んで、一番苦労したのは、母さんじゃないか！」

「樹。お父さんはね…」

「いいよ！　親父の話は聞きたくない」

　奈津子は黙った。

「…ごめん。明日早いから、もう寝るわ」

　沢田は、そう言い自分の部屋に引っ込んだ。


　沢田は部屋で、机に向かって目をつぶって考え事をしている。

　本棚には、写真集がところ狭しと置いてある。その中の一冊を広げて見始めた。ピューリッツァー賞の特集だった。めくっては眺めるが、ある写真の頁で止まった。そこには、痩せこけた子供のすぐそばで大きなハゲワシが様子をうかがっていた。

　――ボランティアなんか嫌いだ。でも、嫌いなら、敵の中に入り込んで、敵の偽善を暴いてやればいいじゃないか。それが自分の戦い方だ――

新しい考えが浮かんだ。しかしそれは自分に対する言い訳に過ぎなかった。

知らない世界を知りたい、協力隊には、自分を変えてくれるかもしれない何かがあるのではないだろうか。それが沢田の本心だった。


沢田は、協力隊の試験を受けてみた。受かる自信はなかった。どちらかといえば、気まぐれに近かった。受かったら受かったときに考えてみようと思った。少なくとも、今の生活から脱却したい気持ちは確かなのだから、何であれ挑戦してみるしかなかった。

試験は、健康診断、一般教養、技術試験、作文、語学、それに面接が三種類もあった(当時)。

普通の個人面接に加え、グループ面接、技術面接。一般教養や語学はそんなに難しくはない。中学生のレベルだ。協力隊というのは、技術を教えるのが基本だから、学歴は重要ではない。大工や農業のような分野には中卒の技術者も少なくない。職種は百以上もある。

協力隊で最も重視されるのは体力と「人となり」「情熱」だ。ボランティアだから、やる気があるかどうかが最も試される。それに国の事業であるだけに外交の一環。他人と協調できないような性格は敬遠される。だから、面接が三回もあるし、作文も重要だ。

体力で落とされる人も意外に多い。途上国は猛暑のこともあれば、病気も様々なので、健康でなければ務まらない。多い時は受験者の三割が健康診断で落とされたこともある。喘息やアトピー持ちなど、派遣地域を限定されることもある。

沢田は勉強こそできないが、好奇心は旺盛。趣味でブレイクダンスをやっていたから、体力はあった。おっちょこちょいだが、人なつっこくて憎めない性格をしている。そこが面接官に好感を持たれた。

作文は、「開発途上国において、どのような気持ちで活動をしたいか、述べよ」というテーマだった。沢田は、気の向くままに書きなぐった。

「自分は、開発途上国の人たちに無理やりズボンをはかせようとは思わない。彼らが、ズボンを求めれば、そうさせるが、はきたくないと言えば、はかせたくない」

ズボンとは、もちろん先進国基準のモノという意味だ。それは、偶然だが、協力隊の考え方と一致した。

結果、沢田は試験に受かってしまった。運がいいとしかいいようがなかった。師匠の塩津カメラマンに告げると、困ったような顔をされたので、申し訳ない気持ちになった。しかし、専門学校の秋吉先生は、「塩津の所にいても、早かれ遅かれいつかは巣立たなければならないんだから、まあ、君の成長にはいいんじゃないか」と喜んでくれた。

沢田は嬉しかった。初めて世の中に認められたような気がした。世界という舞台に胸がはずんだ。

第一章 協力隊訓練所

異なる二人

ソーレ、一、二、三、四、ファイト！

隊員候補生たちは、毎朝、号令をかけながらジャージ姿でランニングをする。ひんやりとした朝の空気が眠気を覚ます。

青年海外協力隊に入ると、約三ヶ月間（現在は七十日）の訓練がある。場所は、福島県の二本松訓練所と長野県の駒ヶ根訓練所。そこで候補生たちは合宿生活を送る。語学研修に加え、派遣国事情や、心構えなどを教わる。

午前中は、徹底的に自分が派遣される国の言語を学ぶ。英語、スペイン語、フランス語、中国語から、スワヒリ語、タイ語、ベトナム語などの少数派言語まで網羅している。

任国事情では、例えば、プロジェクターの映像を見ながら、赴任国の政治・文化・医療事情などについて講義を受ける。

さらに、班に分かれて、座禅やサバイバルの授業や、訓練所近辺の掃除やゴミ拾いなどのボランティアの実習カリキュラムが組まれている。

沢田と羽村と志穂は二本松訓練所で出会った。

フィリピン派遣だから同じ英語のクラス。柔道隊員の西村隆、理数科教師隊員の上坂彩菜もいた。

西村は日体大卒で、大学時代は全日本大会にも出場する実力を持っていたが、膝を故障したことから、選手として活躍するより、コーチや教師としての道を目指していた。

（上坂）彩菜は、長野県の高校で化学教師だったが、休職して参加した。

訓練所では、同じ班だったり、同じクラスだと、すぐに仲良くなれた。期限つきの共同生活だから無理もない。

五人は横に並び、正面に外人講師のジョン先生がいた。

志穂が立って答えた後、沢田がジョン先生に指名される。

「ＯＫ、ネクスト、イツキ」

沢田は「イエス」と緊張しながら立った。訓練中に受ける授業は中学生程度の簡単なものだ。ジョン先生が何か質問するが、沢田は聞き取れず「え〜〜っと、パードン？」というばかり。ジョン先生はため息をつきながら、

「カズオ、セイム・クエッション」と羽村の方を向いた。羽村は流ちょうな英語で答えた。

ジョン先生は「グッド」と機嫌がいい。

羽村は、落ちこぼれの沢田とは違っていた。どんな講義も熱心にメモをとる羽村。それに引き替え、沢田はしょっちゅう居眠り。朝礼の国旗掲揚にしても、沢田は「君が代」を歌わず、ぶすっとしている。

羽村は誰よりも優秀で、誰よりも熱心に訓練に取り組んでいた。

羽村は横浜市の新興住宅地に生まれた。父は普通のサラリーマン、母は専業主婦。平凡といえば平凡だが、一人っ子で何不自由なく育った。周囲にお金持ちが多く、教育熱心な家庭が多かった。羽村も小さいころから塾に通い、受験勉強に明け暮れていた。勉強は嫌いではなかったが、レールに乗せられたような生き方に少しずつ疑問を持つようになっていた。しかしそのままレール上を走り、東京の有名私大の経済学部に進んだ。登山部に入り心身を鍛えたが、疑問はずっとくすぶっていた。

大学を卒業後は、中堅商社に入社し、順当に人生を歩んでいるように思えた。しかし、心の奥にしまいこんでいた疑問が目を覚ました。

会社では、すべての仕事が数字に表され、ともかく実績に追い回されていた。給料もよく、皆に合わせて生きていれば将来は約束されているような気がした。しかし、何かが足りない。

何不自由なく生きてきた自分に腹が立つことがあった。真面目な両親、安定した生活。自分もそれが当たり前だと思っていたが、もっと違う生き方があるのではないだろうか。このままでいいのか。

そんな時、満員電車の中で一つの広告を見た。黒い顔のアフリカ青年と若い日本の女性が笑顔でこちらに笑いかけていた。「君の力で世界を変えてみないか」とキャッチコピーが書いてあった。右下に「青年海外協力隊員、募集中」とあった。

これだ。貧しい人たちのために役立ちたい。急にそんな人生が夢のように広がった。しかし、自分は何の技術も持っていない。何かできることがあるだろうか。ともかく、広告にある募集説明会に行ってみようと思った。それが協力隊という未知の世界への入り口となった。

人の役に立ちたい、その動機は沢田のそれとはまったく違っていた。

そんな羽村にも、弱点はあった。野外訓練の時、それが垣間見えた。

訓練所の裏庭で、訓練生たちが講師を囲んでいた。沢田、羽村、志穂もその中にいる。

講師が生きた鶏を押さえながら説明している。

「それでは、各班、一羽鶏をさばいてください。まず、苦しまないように、包丁で首を一気にはねて、その後、毛をむしります。そこまでやってください」

沢田も羽村も黙っている。緊張しているのだ。

各班に鶏が配られた。沢田が、暴れる鶏を抱えている。沢田の前で羽村が包丁を持って立っている。羽村に向かって鶏の首を差し出しながら、

「ほら、早くやれって！」と沢田。羽村は、

「替わってくれないかなあ。こういうのムリなんだ」

「ずりーぞ！　ジャンケンで決めたじゃねーかよ！」

「頼むよ！」と情けない声になる。そばで見ていた志穂が、

「あーもう、だらしない！　私がやる！」

沢田も「いい。俺がやる」と鶏を羽村に渡し、包丁を取り、

「しっかり持ってろ」

「ああ」と顔をそむける羽村。スパッと包丁が振り下ろされた。

さばかれた鶏は、今度は皆に食べられる番だ。沢田がむしゃむしゃ食べながら、

「全く軍隊かよ、ここは、こんなことまでやらされてよ」

彩菜も苦笑いし、「だよね」と呼応する。沢田は
「お前、学校の先生だろ？　何でこんなことまでやらされて、わざわざガーナなんか行くんだよ」

「学校なんて狭い世界じゃん。一生に一回くらい、アフリカに住んでみたいなあって」と彩菜。志穂が、

「西村さんは柔道だよね？」と話を向ける。訓練生の西村は食べながら、

「うん」と返事。沢田が、

「柔道家だったら、オリンピック目指せよ」と横やりを入れる。

「ムリ！　でも、オリンピックに出られるヤツ作れたらいいなって。だから、ウズベキスタンに行くベキスタン！」と笑いを誘った。

しかし沢田は「つまんねーし」と表情を変えない。

候補生を見守る野外講師が、訓練所長の境が来ているのに気づいた。

「あ、所長」

「どう？　うまく進んでる？」

「はい」

そのとき、ふとしたはずみで、彩菜が食べていたチキンを落とした。

「あ！　やっちゃった！」と彩菜。だが、拾わない。沢田が、

「食わないの？」と訊くと、

「うん。だって、汚いし」

「じゃあ、もらうよ」と沢田は土をさっさと払い、平気でかぶりつく。志穂が、

「奪った命は、きちんと全部食べてあげないとね」とフォローする。沢田も同感だが、

「そんなんじゃねーよ。腹減ってるだけ」と答える。羽村は無言で見ている。境所長も遠くからその様子を見ている。

小さな事件

「何で写真教えにフィリピンに行く俺が、馬や牛の糞掃除しなきゃなんないんだよ」

沢田は、手にしていたほうきを投げ出した。そこは、福島県内にある牧場。そこで、隊

員候補生が牛舎の糞掃をするというボランティアの実習カリキュラムが行われていた。

沢田の行動に、そばで掃除していた志穂は、

「文句言わないで、ちゃっちゃとやろうよ」

「やってるって」と沢田はほうきを拾いながらムッとした。

少し離れたところで、羽村は黙々と作業している。すると突然、柔道隊員の西村がフラフラと皆から離れ、うずくまってしまった。尋常ではないと直感した志穂は、

「！　どうしたの？　西村さん？」と駆け寄った。西村は、苦しそうに嘔吐するばかり。

羽村も駆け寄り、

「大丈夫ですか、西村さん！」

「大丈夫。少し休めば…」と苦しそうな西村。志穂が、

「私、訓練所に戻って医務室に連れて行く」と言うと、羽村は、「残った俺達で、作業はやっておくから」と応じた。

ところが、沢田が後方で口をはさんだ。

「本人が大丈夫だって言ってるんだから、休ませてから作業やらせろよ」

志穂が黙っていると、沢田が続けた。

「図体のデカい柔道隊員がこんなことで倒れていいのかよ」

その言葉に思わず羽村が反発した。

「何言ってるんですか。西村さん、こんな状態なんですよ！」

「だからって、何で他の奴が、代わりにやる必要があるんだ」

「仲間なんだから、当たり前じゃないですか」と羽村。

「そんな深刻な病気じゃないだろ。困ってる人は、皆で助けてフォローしましょうみたいな、教科書的な偽善は、本人の為にもならないってこと」

沢田の皮肉な言葉に羽村がひっかかったようだった。だが、志穂が、止めに入った。

「いいから！　とにかく、私が訓練所に連れて帰るから。行くよ、西村さん！」と西村に肩を貸し、苦しそうにしている西村を訓練所まで連れていった。


作業を終え、訓練生たちは訓練所に帰ってきた。所長室の前の廊下まで来ると、羽村は突然思い出したように、

「沢田さん。さっきの偽善って、どういう意味ですか？」

と再びくってかかった。他の訓練生たちは、二人に構わず自分たちの部屋に帰っていっ

た。

「偽善は偽善だよ」と沢田は面と向かって答えた。

「困ってる人を助ける事が、ですか？」

「ああ。ただの自己満足」

「電車にお年寄りが乗ってきたら、席を譲るとか、道で倒れた子供を助け起こすのも、偽善？　自己満足ですか？」

「そうだよ。助けてやった自分に酔ってるだけだ」

「そういう理屈をつけてる人ほど、何もしないんじゃないですか？　誰かやるだろうと高をくってる。でも、俺は、誰かがやればいいと思ってる事を、なぜ自分でやらないんだって思うだけです」

　その時、突然、言い争う二人の前のドアが小さく開いた。所長の境が何事かと顔をのぞかせたのだが、熱く論争する二人は所長に気づかない。

「困ってる人を助けるのが全部偽善って言うなら、何で沢田さんは、協力隊に参加したんですか？」

「…俺は…牛の糞片付けるくらいで倒れる奴が、協力隊に行かない方がいいと思っただけだよ」と言い放ち去って行った。羽村は廊下に残された。

協力隊の訓練は厳しく、訓練所内では酒は飲めない。当時は外泊も禁止。唯一、日曜日だけは自由に外出ができる。しかし、その日曜日でも、夜十時の全員整列しての点呼までには戻らなければならない。


ボランティア実習のあった日曜日の夜、候補生たちはいつものように、商店街の居酒屋で飲んでいた。沢田、羽村、志穂の他、柔道の西村、水産の酒巻、理数科教師の彩菜が、久しぶりの酒に盛り上がっている。週に一度の息抜きの時間だ。

沢田は焼酎をガッと飲みほしている。

「く〜〜！　やっぱ酒はうめ〜」

昼間、体調を崩していた西村も参加して、「訓練所で酒飲んだらクビって、マジありえないよね」などとけろりとしている。西村は、朝食の時、皆が「やめとけ」と止めるのも聞かず、一人残り物の刺身を食べて当たったのだった。西村の存在に気づいた沢田は、

「お前さあ、昼間、あんな死にそうな情けない顔してたくせに、酒なんか飲んでいいワ

ケ？」

　志穂も
「ダメだよ、西村さん」と突っ込む。西村は、

「内緒内緒」と言いながら、ビールを口から流し込んだ。

「もう！」と志穂があきれている。沢田は羽村に向かって、

「ほら。所詮、この程度だったじゃないか」

　羽村は応えない。その羽村に向かって沢田は、

「…羽村。昼間の質問、お前に返すよ。お前は、何で協力隊に参加したんだ？」

「困ってる人の役に立ちたいからです」

　沢田は失笑し、

「…お前、商社を辞めて来たんだって？　何の専門技術もないんだろ？　何が出来る？　ただの自己満じゃないの？」

「何の専門技術もない僕でも、途上国の為に何か出来る職種があったから、応募したんです」と羽村。彩菜が横から話に入ってきた。

「羽村さん、村落開発隊員だっけ？」

「具体的に何するんですか？」と酒巻も疑問を投げかけてきた。

村落開発隊員というのは、協力隊の中でも異色。協力隊員のほとんどが何らかの技術を持っているが、村落開発隊員には特に技術は要求されていない。その村の発展の可能性を探り、実践すればいいのだ。特殊な技術を持たないだけに難しい。どちらかといえば、総合力やマネージメント能力が要求される。

最近、村落開発隊員の数は増えている。技術を持たない人でも参加できるというので、特に文系の人たちが応募に殺到する。そうなれば、自ずと優秀な人たちが選ばれる。志穂が、

「村に住んで、そこで役立つ事なら、何してもいいのよね」とフォローする。羽村も、

「うん。現地の人と同じ目線で、僕が出来る事が何か考えて、頑張ろうと思ってる」

沢田は気にくわない様子で
「同じ目線ねえ」と皮肉っぽくいった。羽村はむっとし、

「変ですか？」

沢田は、

「同じ目線になるなんて、ありえないね。例えばだ、ここにいる俺達は、少なくとも食う

には困ってない。でも、世界には貧乏で死にそうな人間が沢山いる。言ってみりゃ、そういう人達は、崖から落ちかかってて、俺達は崖の上にいる訳だ」

酒巻が口をはさんだ。

「…まあ、そう言われれば、そうですけど…」

「崖から落ちそうな人間は、崖の上にいる人間しか救えないんだ。同じ目線なんて、ありえないね」と沢田。

「チョー上から目線」

彩菜がチャチャを入れた。羽村は、

「崖の上からの発想で、途上国の人を見下ろして、ただの押し付けになるの、僕は嫌です」

「私もそう思う」

志穂も続いた。かちんときた沢田は、

「押し付けじゃない！　現実だよ！」

彩菜が割って入った。

「まあまあ、あんまり熱くなんないでさ」

「うるせェ！」

沢田は一気に酒を飲み干した。


皆大いに飲み、時計の針が九時四十分まで進んだ。よろよろと酔っぱらった沢田がトイレから出て来ると、羽村が一人で待っていた。

「あれ？　みんなは？」と沢田。羽村は、

「夜の点検に間に合わないから、先に帰しました」

沢田は焦って、時計を見て慌てた。次の瞬間、二人は、夜道を猛ダッシュで訓練所に向かった。走りながら、

「今、何時だ？」と沢田。

「門限まで、あと二分」

「…お前…何で、残ったんだよ？」

「長々トイレに籠ってて、何かあったら困ると思って」

「俺なんか、どうでもいいだろ」

「どうでもよくないでしょ」

「何でだよ？」

「仲間だから」

沢田は、黙ったまま、走り続けた。

訓練所の正門は閉まっていた。

沢田は、門の脇の塀をよじ登ろうとした。続く羽村も、よじ登ろうとしたが、石につまずいて足を挫いてしまった。

「イテ！」

沢田が振り向くと、羽村が倒れていた。

「…どうした？」

「足、挫いたみたいです。先行ってください」

沢田は、「掴まれよ」と上から手を差し伸べた。

羽村が上半身を起こし、その手を掴もうとした瞬間、

「な？　崖の上の人間じゃなきゃ、崖の下の人間は助けられないだろ？」という声が聞こえた。

羽村は伸ばした手を止めた。

「お前も強情だな」と言い残し、沢田は塀を越えて去った。

しかし、二人とも門限には遅れてしまった。

翌日、二人は訓練所長室に呼ばれた。


「すみませんでした！」二人は境所長に頭を下げた。

境は「うん」とうなずくだけで、あまり気にとめていないようだった。というよりも、まるで自分の子供でも見るように慈愛のこもったまなざしで二人を見つめていた。沢田は、

「あの…以前、門限を破ってクビになった訓練生もいたって聞いたんですけど、ホントですか？」

境は、「ああ」とわずかにクビを動かした。

「こんな事くらいで、クビにしないでください！　俺達は、大人だから、酒だって飲みます。やる事さえちゃんとやってれば、門限作ったり、規則でがんじがらめに縛らなくてもいいんじゃないでしょうか？」

羽村が乗り出してきた。

「何言ってるんですか、沢田さん⁉　俺達は謝りに来てるんです！」

　境は静かに言った。

「…今回だけは、大目に見る。しかし、一週間は外出禁止だ。分かったら戻りなさい」

「大目に見る必要はありません。厳罰に処してください」と羽村が目をむいている。沢田は、

「何言ってんだ、お前！」とくってかかった。

「規則は守らない、英語もダメ、人を助けようと思う気持ちもサラサラない人を派遣する必要がありますか？」と羽村も負けてはいない。

「ふざけんな！　お前だって、門限破ってんじゃないか！」

「沢田さんは、根本的に協力隊の主旨に反してると思います」

「お前に言われたかないね。お前みたいな教科書通りの理屈っぽい奴こそ、途上国じゃ通用する訳ない」

「そこまで！」

　境が今度は大きな声を出した。二人は黙った。

　境が続けた。

「君は、『こんな事くらい』って言ったね」

「…はい」と素直にうなずく沢田。

「途上国には、我々日本人の常識からすりゃ、無茶苦茶な法律や規則も一杯ある。でも、それが守れないと、命に関わる場合だってあるんだ」

二人は沈黙して聞いている。

「規則を守らせるのは、君達を守る為でもある。これも訓練の一環だ。分かったら、戻りなさい」

羽村は、「失礼します」と頭を下げて去った。沢田も一緒に去ろうとするが戻り、

「俺をクビにしないでください！」と素っ頓狂な発言をする。

驚いた境は聞いた。

「…何で君は、そんなに、協力隊に行きたいんだ?」

「海外に出て、今の自分からステップアップしたいんです」

「ステップアップ?」

「はい。カメラマンとして成功するきっかけを掴みたいんです。途上国には、日本で撮れない被写体も沢山あるだろうし…」

「…君にとって、ボランティアとは何かな?」

「ボランティアって…人の為とか言うけど、結局、皆、自分の為に行くんじゃないですか。俺は偽善的な建前が嫌いなんです。こんな俺ですが、どうかクビにしないでください!」

そう言葉を残すと、沢田は深々とお辞儀して、風のように去った。

次の日曜日。訓練生たちは外出するために訓練所から出て行く。手をつないだ訓練生カップルもいる。

沢田と羽村は、クビは免れたが、その週は外出禁止だった。談話室で自習している沢田と羽村と志穂の姿があった。沢田が外を見ながら愚痴をこぼす。

「二本松イリュージョンか……」

「三ヶ月もお年頃の男女が一緒に生活していれば、カップルだって出来るよね」と志穂。

「あ〜、女より酒飲みて〜」

「どうでもいいけど、マジで勉強しなよ。語学の最終試験、パスしないとフィリピンに行けないんだから」

「大丈夫だって。多少、下駄はかせてくれんだろ?」

「前に、落第して派遣中止になった人いるって」

「マジで！」

「マジで。羽村君に分からないとこ教わったら」と志穂は、マイペースで勉強している羽村の方を向いた。羽村は黙々と本を読んでいる。

「死んでも、ヤだね」

沢田はどうしても羽村が気に入らなかった。


訓練所で特別授業があった。訓練所長による午後の授業だ。昼飯の後だから眠くなる。窓際に座っていた沢田も退屈で、窓の外を見ながら指で作ったファインダー越しに木に止まった鳥を見ている。ファインダーの中の小鳥が飛びたった。

「あっ」と声をあげる沢田。すると、「何が見える」と声がした。後ろを振り向くと、境所長が立っていた。沢田は驚いて椅子から転げ落ちた。訓練生たちはどっと笑った。

「君に答えてもらおう。どう思う」と境が訊いてきた。沢田はぽかんとしている。横にいた志穂が、黒板を指す。黒板には「職人気質」の文字。

「それが何ですか」

訓練生たちが再び笑う。境はあきれながらも説明する。

「日本の技術力は職人によって育まれてきた。君たちの仕事は、日本が誇るべき職人気質を開発途上国の人たちに教えることだ。君も職人気質を伝えるためにフィリピンに行くんだろう」

「いえ」と沢田。

「違うのか。君はカメラマンだったな。考えを聞かせてもらおうか」と境。

「カメラの世界は、年寄りが偉そうに威張っていて、僕らのような若い奴らは使いっ走りにされるだけで、とても理不尽な世界です。それを職人気質というなら、それは日本が誇れるとはとても思えません」

境は腕を組んで考えている。沢田は続ける。

「カメラの世界は、本当はもっと自由で創造的なはずです。僕は日本を飛び出して、もっと自由になりたいんです」

「そうか」とうなずく境。そして、言い放った。

「じゃあ、本当にそうなのか、二年間考えて来なさい。それが君の宿題だ。本日の講義は終わり」

不思議な授業だった。

いろいろあったが、脱落者はなく全員訓練所を修了することになった。

第二章　フィリピン

一ヶ月後、沢田は羽村や志穂達と、フィリピンに派遣された。

フィリピン政府観光省バギオ支局広報課。そこが沢田の派遣先だった。バギオは面積約六〇平方キロ、人口は約三十万人。首都マニラからバスで六〜七時間北に行ったフィリピン屈指の観光地。標高一五〇〇メートルもあるから南国とはいえ涼しい。日本でいえば「軽井沢」のような避暑地であり、フィリピンの協力隊員が最初に入った地でもある。

広報課フロアでは、スタッフ達はのんびりしている。沢田の仕事は、観光案内のパンフレットやプレス向けの写真撮影の技術指導をすることだ。赴任初日に、沢田は広報課長に、「君のカウンターパートだ」といって、ロナルドを紹介された。カウンターパートというのは、技術指導する相手のことで、同時に職場で面倒をみてくれる相棒でもある。ロナルドはまだ二十二歳と若いが、きれいな英語をしゃべる。身なりがよく、どこか育ちのよさを感じさせる。沢田とロナルドは、笑顔で挨拶した。


翌日からさっそく沢田はロナルドを連れ、写真の指導を始めた。まずは庭園のきれいなマンション・ハウスに行った。観光名所の一つである。入り口は、ロンドンのバッキンガム宮殿のゲートを模してある。フィリピンの大統領が夏に公務を行う場所だ。

夏だけの事務所など、日本の感覚では珍しいと思うが、バギオはもともとそういう町なのだ。今から百五十年も前、米軍の統治下にあったフィリピンだが、首都マニラは暑さが厳しい。その暑さに耐えかねた米兵たちは避暑地を求めて、標高の高いバギオを見つけた。バギオは年間平均気温が摂氏二十度と過ごしやすく、フィリピンの夏期（三月〜五月）は政府機関の一部が移動してくるため、「夏の首都」という別名を持っている。

沢田はそこでアンティークな趣のある建物を撮影している。ロナルドは背後で見ている。沢田は撮影を止め、ロナルドに撮ったばかりの画像を見せる。カメラはニコンの一眼レフカメラ。デジタルだから後部に画像が映し出される。時代はフィルムからデジタルの時代になっていた。そこには、明るい日差しの中にたたずむ西洋建築が映し出され、手前の色とりどりの花がぼんやりとアウトフォーカスとなって浮かび上がっていた。ロナルドは、「ビューティフル！」と素直に感動していた。沢田が「今度は、君が撮ってみて」と促した。

ロナルドは「ＯＫ」と返事をしたものの、ぎこちない。持参のカメラは、沢田のカメラより高いニコンのD1。六十万円はする代物だ。

――なぜフィリピン人が、こんな高価なカメラを持っているのだろう――

不思議に思ったが、口には出さなかった。ロナルドがぎこちない手つきで撮影する。沢田がそれをチェックする。

「う〜〜ん。もうちょっと、角度をつけた方が…。え〜〜、ロナルド。えっと、モア・アングル。モア・アングル」

「ホワッツ?」

ロナルドは、沢田のへんな英語がちゃんと聞き取れない。結局英語ではもどかしいのでボディーランゲージとなる。斜めに角度をつけて構えて見せ、

「モア・アングル。イッツ・ベター」

ロナルドはやっと理解し

「ああ、分かった、分かった」

ロナルドは、沢田の示した場所から写真を撮る。愛想はいいし道具も一流だが、腕は素人並だ。

「このレベルかあ…」と先が思いやられた。

イフガオ州マヨヤオ

マニラから北へ車で約十三時間。イフガオ州マヨヤオの中央広場に、荷物を持ってジプニーから降りる羽村の姿があった。沢田の任地よりさらに北の町。町というより村といった雰囲気。かなり田舎だ。

空気が気持ちよいので深呼吸していると、フィリピン人の男が近づいてきた。少し小太りで善良そうな顔をしている。羽村のカウンターパートのマニー、四十歳だ。

「ミスター・ハムラ?」

「イエス」

「君のカウンターパートのエマニエル。マニーだ。ここの農業事務所に勤めている」

「羽村和也です。二年間、よろしくお願いします」

二人は、握手を交わした。沢田と違い、羽村は何の問題もなく英語でコミュニケーションしている。

「まずは長老の所へ挨拶に行こう。長老は、昔は村長でね。リタイアした今も、村の自治は、長老の許可さえあれば、スムーズに進むんだ」

そういうと、マニーは、羽村を連れて歩き始めた。荷物を農業事務所に置いて、二人は長老の家に向かった。あたり一面田んぼが広がっている。広大で美しい棚田だ。マヨヤオの棚田は、世界遺産にも指定されているほどの貴重なものだ。二千年前から営々と守られてきたそれは、日本の棚田と似ているようではあったが、規模が違っている。眼前に広がるそれは、低い方の田から山に向かって開墾された田の階段の高低差は五〇〇メートルはあろうと思われる。田の周囲にココナツの木がすらっと伸びきっている姿は、やはり南国を思わせる。時々見える民家は高床式住居で、屋根はほとんどがトタンでできている。トタン屋根には赤や緑のカラフルな塗装がほどこされ、おとぎ話に出てくる家のようにも見える。

田んぼの中の畦道を二人は歩いた。

長老の家は棚田の中腹に立っていた。きれいに掃除してある庭から眺める景色は、いかにも私は今イフガオにいますと思わせた。緑に染まった棚田が一望できるのだ。犬や鶏が庭をうろついているが、いっこうに気にならない。むしろ風景に溶け込んでいる。長老は、家の前で犬に餌を与えていた。そこに二人は現れた。マニーが、

「長老。ボランティアのカズヤ・ハムラを紹介しに来ました」

羽村も続いた。

「カズヤって呼んでください。日本から来ました」

長老は
「日本から…」と意外そうな表情を見せたが、羽村は、気にもとめないで、

「はい。よろしくお願いします」

と羽村は握手しようとしたが、思わずその手は止まった。負傷でもしたのか、長老の右手がなかったのだ。

長老は黙っている。羽村は慌てて手を引っ込め、

「すみません…」と謝った。


再び畦道を並んで戻る羽村とマニー。羽村は、

「…長老は、右手を事故で失くしたの？」と訊いた。

「…戦争中、日本兵に撃たれたんだ」とマニー。

「……」

「…ここは、戦争の時、日本軍が逃げ込んで来て、多くのフィリピン人が殺されたからね…」

「……」

「気にするな。カズヤも俺も生まれる前の大昔の事だ。長老も、そんな事は分かってるさ」と笑った。

「そんな悪い歴史があるから、自分はこのフィリピンで役に立ちたいんだ。以前、フィリピンに来た先輩隊員から、この国にはなかった洗濯板を作って、それがすっかりフィリピンに広がったという話を聞いたことがある。自分もそんなささいなことでもいいから役に立ちたいんだ」

「そうか、うちの家にもあるよ。今フィリピンの人たちが使っている洗濯板は日本のボランティアが伝えたのか。自分が子供のころは、石の上で衣類を木でたたいていた。だから、すぐに破けたもんだ。よし分かった。カズヤ、一緒に何かフィリピンのためになることを見つけよう」

二人は歩きながら目を輝かせた。

沢田の任地バギオの隣町トリニダッドにある病院には志穂が赴任していた。トリニダッドも日本人移民が最初に住み着いた場所として、日本とは関係の深い町だ。

志穂が、同僚と共に、妊婦の聞き取り調査をしている。助産師の志穂は、国際協力機構（ＪＩＣＡ）の援助で建てられたベンゲット・ジェネラル・ホスピタルで、妊産婦の保健教育を任されていた。スラリとした長身の志穂が白衣を着て歩くと、ひときわ目を引いた。英語もうまく現地スタッフからは一目置かれていた。

志穂にも沢田と同じようにつらい過去があった。志穂は子供のころから背が高く、それがコンプレックスだった。

姉が一人いたが、姉は自分のように背が高いというわけではない。普通の女の子として姉のように生きられるのか。そんな不安から、ともかく手に技術を身につけようと、看護学科のある大学を選び、助産師の免許を取得した。もう一つ技術をと思って、高校時代から英語の勉強に力を入れた。大学時代に、米国の姉妹大学に一年間留学もした。コンプレックスを持っているが故に、しっかりと地に足のついた生き方をしていた。

二つの歓迎パーティー

バギオの観光地マンション・ハウスの前にあるライド公園。天気がよく、家族連れや恋人同士など乗馬を楽しむ人たちで賑わっている。沢田は一人で撮影していた。ロナルドと待ち合わせているのだが、まだ来ないのだ。

「ったく。何してんだよ」

そこへ、身なりの貧しい子供達が、沢田を取り囲み、手を差し出して、物乞いを始めた。「NOマネー、NOマネー」と追い払おうとするが、子供達はしつこく沢田にまとわりついてくる。その時、ロナルドがやってきて、「何やってる！　あっち行け！」と子供たちの手を振り払った。

子供たちは逃げていった。慣れたものである。

「ああいう貧乏人の子供には気をつけろ」とロナルド。沢田は黙って、ロナルドの顔を見た。

「撮影は終わった？」とロナルドはいつもと変わりない様子。

「遅かったな」

「バスが遅れちゃってね」と笑った。

「もう昼だぞ」

「そうだな。ランチでも食べに行こうか」と屈託がない。

「え？　ああ…」と沢田の方が驚く。

「イツキ。週末、僕の家に招待するから、来てくれよな」と言って、明るく歩き出した。

沢田はあっけにとられていた。


週末、沢田は高級住宅街にあるロナルドの家を訪ねた。高台にあり、広いガラス窓やベランダから町を見下ろすことができた。贅を尽くしたリビングに通された。

「ようこそ、イツキ。これが、ウチのパパ。こっちがママ。それに、妹のメアリー」

家族達は、いかにも上流階級らしい品があった。

シャンデリアの下の豪華な食卓で、

「パパは、市議会の議長なんだ」とロナルド。

すると、ロナルドの父が、

「ロナルドをマニラの本省に入れようと働きかけたんだけど、支局にしか空きがなくてね」と笑う。沢田は黙って聞いていた。ロナルドは愛想よく
「でも、空きが出来るまで、イツキと一緒に頑張るよ」

沢田は愛想笑いするしかなかった。ロナルドの母が、

「もうちょっとワインはいかが?」と注ごうとするが、空だった。

「メリッサ！　メリッサ！」とメイドを呼んだ。

メイドが「はい！」とすぐにやってきた。

「ワインが無いわ！　もう一本ボルドーを空けて」と命令すると、メリッサは、

「申し訳ありません！　すぐお持ちします」と言って去った。ロナルドは、

「全く、田舎の子は、気がきかないな。イツキ、すぐ新しいワイン持って来るから」と笑っている。沢田は返答のしようがなかった。どうも、日本人とは感覚が違うようだ。


その頃、羽村は、任地マヨヤオのマニーの家で、羽村の歓迎会の真っ最中だった。村人達が、竹と金属のドラを使った簡素な楽器に合わせて歌う。素朴だが、美しいメロディーが田んぼの上を流れていく。歌が終わると、拍手が続いた。

拍手しながらマニーが羽村に近付いた。

「さあ次はカズヤの番だ。何か日本の歌、歌ってくれよ」

村人たちも、「歌って」と、拍手する。羽村は、そういうことが苦手だった。

「え？　ノーノー。歌、下手だから」と断った。マニーは、

「いいから、歌えよ。カズヤの歓迎会なんだから」

「ホントに歌えないから…」羽村は頑なに断る。

「ＯＫ。じゃあ、飲め。沢山飲んで、ぐっすり寝て、明日は、この周囲の地区を回るぞ」

と地酒を勧める。羽村は勧められるまま懸命に飲んだ。マニーもよく飲んだ。

翌日、展望台への山道を登る羽村とマニーがいた。マニーは鼻歌を唄いながら歩いている。対照的に羽村はへろへろになっている。二日酔いなのだ。マニーが振り向き、

「大丈夫か、羽村」と声をかける。

「アイムＯＫ」と応えながらも、息荒く水筒の水をがぶ飲みしている。

「昨夜あんなに飲んでたのに、なんで平気なんだ」と羽村はマニーを見てつぶやいている。

やがて二人は展望台のある広場に到着した。

「ここの棚田は、世界遺産にも登録されてる」とマニーが説明する。展望台からの眺めに圧倒された。雄大な風景だ。真っ青な空の下、山々が何重にも連なり、眼下には棚田が広がっている。まるで天国から眺めているような気になってくる。羽村が言葉を失っていると、マニーが再び口を開いた。

「我々の先祖が、二千年前から守って来た棚田だ」

「二千年⁉　凄いな…。ところで、あの銅像は？」

と羽村は、展望台の一角にある銅像を指さした。

「ここは、戦争の時、日本軍が逃げて来て、アメリカとフィリピンの連合軍と最後に戦った場所なんだ。あれは、その記念の銅像だよ」

羽村は兵隊の姿をした銅像を見上げていた。ルソン島北部は日本にとっては悲惨な場所だ。マッカーサーのレイテ島再上陸以後、追い詰められた旧日本軍が、陸軍第十四方面司令官、山下奉文大将を中心に最後の戦いに挑んだ。米軍の猛烈な空襲に圧倒された日本軍は、この北部の山々に逃げ込んだ。食料も持たない日本軍は、飢えやマラリアに苦しめられたという。

沢田の赴任先のバギオは、山下大将が降伏文書に調印した場所で、羽村の赴任先のマヨヤオは、最後の激戦地。

羽村の眺めている銅像は、米軍に雇われたフィリピン人兵士の英雄だという。その兵士は、足を負傷しているにもかかわらず這って前進し、日本軍が潜む洞窟に手榴弾を投げ込んだといわれている。日本人の羽村からすれば複雑な気持ちだ。自分が今この地に来ているのは、日本兵の亡霊が呼び寄せたのではないだろうかという気になってくる。思わず、羽村は銅像に向かって手を合わせた。

「…ここには、色んな歴史がある。それを、ずっと棚田は見守って来たのさ」と説明を続けるマニー。二人の上にまぶしい太陽の光が降り注いでいた。


その頃、沢田は、バギオの郷土料理レストランで料理の撮影をしていた。協力隊に参加したものの納得できない日々。どうも想像と違っている。発展途上国にくれば何か打ち込めるものが見つかると思い込んでいた。

実際、マニラでは選挙だ、汚職だといろいろな事件が起きているようだったが、自分は遠いところにいて関係ない気がしていた。被写体だってたくさんあると思っていたが、実際はカウンターパートにしても金持ちのボンボンで、やる気は全くなさそうなヤツだし、今日もまた遅刻。仕事にしたって、こうして面白みのない料理なんぞ撮っている。撮影が無い日もある。ぬる〜い時間が流れていた。

「これじゃ、日本と一緒じゃないか…」と思わず口から出た。そこに偶然、志穂と職場の同僚達がレストランに入ってきた。

「沢田君⁉」

「！　おお」

志穂と同僚たちは別のテーブルで食事を始めた。その間に、沢田は仕事を済ませた。志穂の同僚たちは先に引き上げ、レストランには、志穂と沢田が残った。

そのレストランにはテーブル席と絨毯の上に座れる席とがある。二人は、日本を思い出すように絨毯席に座った。テーブルの上には、つまみ用の郷土料理が置いてあり、ビールを飲む沢田と志穂がいた。志穂は、

「久しぶりに日本語喋れて、嬉しいなあ」

「どう？　お前の職場」

「協力隊の助産師は直接的な医療行為をしちゃいけないの。だから出産は手伝えないけど、楽しいよ」

「助産師が出産手伝えなくて、何やってるんだよ」

「妊産婦の保健教育プロジェクトだから、家庭を巡回して、データまとめたり、テキスト作ったりしてる」

「ふーん」

「そっちは、どうなの？」

「…退屈な仕事だよ。これじゃ日本を出て来た意味がない」

「沢田君は、何がしたいの？」

「…俺は、自分の気持ちを表現出来る写真が撮りたいんだ。でも、今の職場じゃな…」と不満をもらすしかなかった。


自分の気持ちを表現できる写真って何だろう。志穂にそう言ったものの、自分でもよくわからなかった。悶々とする日は続いた。

ある日の午後、沢田は観光省の広報課で、暇をもてあましていた。何もやることがない日は、町で買ってきた英字新聞を辞書片手に読む。それが日課だった。そこへ、課長が来て、

「イッキ。イフガオ州のマヨヤオに世界遺産の棚田があるんだ。今度の観光パンフレットに載せたいから、週明けに撮って来てくれ。資料は、ここに置いとくから」

「マヨヤオ…?」

「頼んだよ」

課長は言い残して去って行った。

「マヨヤオか…羽村の任地じゃないか…」

嫌だとは思ったが、どんな所なのか見たかった。気晴らしに行ってみるのもいい。すぐに準備にとりかかった。

ジャパニーズフィッシュ

マヨヤオへの道を走るジプニーの車内に沢田は座っていた。ジプニーはフィリピン独特の飾り立てた車。米軍の使っていたジープを乗り合いバスに改造したものだが、乗り心地はけっしてよくはなかった。沢田はぼんやりと流れて行く風景を見ていた。

マヨヤオは小さな町だが、その中央には市場やバスターミナルがあり、それなりに混雑している。市場の中に併設されている食堂で、羽村とマニーがランチを食べながら仕事の話をしていた。羽村が、

「この辺は森林伐採が進んでるから、植林活動をするのもいいと思ったんだけど…。そうか。難しいか…」

「皆、稲作で食べて行くので精一杯で、人手の余裕も無いんだよ」

「…俺は何をしたらいいいんだろう…」と思わず日本語で呟いた。マニーが励ますように羽村を叩き、

「カズヤ、焦るな焦るな。まずは、腹一杯食ってからだ」と皿の上の豚の肉と赤ライスを食べ始めた。マニーの向こう側を店員が魚の唐揚げらしきものをはこんでいる。羽村は、それを何の魚だろうと見ている。日本人にとっては魚の存在は気になる。ましてや、こんな山奥に魚がいるなんて考えにくい。マニーが、羽村の様子に気づき、店員に向かって言った。

「こっちにも、あれをくれないか」

店員は「ＯＫ」と応えてから奥へと消えた。やがて、魚の唐揚げが運ばれてきた。マニ

ーが、

「カズヤ。これを食べて、元気だせ」

羽村は、唐揚げを一つつまんでじっと見つめている。

「…ドジョウ？」と思わず日本語が出た。

「ジャパニーズフィッシュだ」

「ジャパニーズフィッシュ？」

「ああ。戦争中、日本軍が持って来たらしいんだ。フィリピン人の大好物さ」

羽村は珍しいものでも見るように、黙ったままである。

「昔はどこの水田にも沢山いたけど、農薬散布の影響で激減したんだ。今じゃ、めったに見ない高級魚だよ」

羽村はなにか考えている。

はっきりしたことは分からないが、昔からフィリピンにもドジョウはいたのかもしれない。しかし食べる習慣はなかった。第二次世界大戦時、日本軍がこの地でドジョウを捕って食べていたといわれている。当時の日本軍には食料の補給がなく、現地で調達するしかなかった。よくいわれているのは、日本軍は軍票で現地の食料を買い上げたとか、時には現地通貨の偽札を作り、それを兵隊に配ったりしたとも伝えられている。しかし、そんな軍票や偽札を現地の人たちがどれだけ信用したかは分からない。仕方なしに食料を分けたのかもしれない。マヨヤオに残る話では、日本軍の食料は相当不足していたようで、兵隊の大半が飢えとマラリアや下痢などの病気で死んでいったという。あるフィリピンの老人は、「日本兵に、あまりにも病気が苦しいので、軍刀で殺してくれと頼まれた人もいる」と話す。そんな状況だから、日本兵はドジョウでも何でも口にしたに違いない。それを見て、現地の人たちは「ドジョウは食べることができるのだ」と認識した。だから、ドジョウのことをジャパニーズフィッシュと呼ぶようになったのではないだろうか。

もう一つ説がある。ドジョウを持ってきたのは日本軍ではなく、フィリピンに移民してきた日本人たちだという。マニラからバギオへは立派な道路が通っている。開発責任者の名前をとり「ケノン道路」と名付けられている。山間部の道路建設は難渋を極めた。米国人は日本人の勤勉さに着目し、移民労働者を大量に雇用した。過酷な自然環境の中で犠牲者を出しながらも、道路は一九〇三年に完成した。道路建設を終えた日本人の約半数はバギオやトリニダッドに残った。その日本人たちがドジョウを彼の地に広めたというのが、もう一つの説だ。

真偽のほどは分からないが、ドジョウがフィリピンのルソン島北部では高級魚として扱われていることは事実のようだ。ただ、近年、稲作で農薬を散布する人が増えたために、ドジョウが激減しているのも事実。その辺の事情は日本と似ていると言えば似ている。

沢田がマヨヤオに到着した。仕事ではあるが、久しぶりの旅で解放された気分になっていた。そんな時に、マヨヤオの美しい風景に接したものだから嬉しくて仕方がない。自然に手がカメラに伸び、シャッターを切る回数が増えていった。美しい棚田には息を飲んだ。魂が刺激され、一心不乱に写真を撮った。

町の一角でも被写体を求めた。にぎやかな声がする方へ行くと、子供達がバスケットボールをやっている。

沢田は、子供達を撮り始めた。すると、沢田の方にボールが転がって来た。子供達は、見慣れない男が、カメラを持っているのに気付き、興味津々で近付いて来る。

「どっから来たの？」

「すっげーカメラ」などと沢田を取り囲み始めた。

沢田は笑顔で、今撮影した子供達の写真を見せている。子供たちも「オ――！」という

歓声をあげ、

「ねえ、もっと写真撮ってよ」とせがむ。

「ＯＫ」

子供たちも撮られることを意識して張り切っている。子供たちの動きに合わせて反応する沢田。ゴールを入れ歓声をあげる子供と、沢田もハイタッチを交わす。次第に子供達に溶け込み、一体感を味わう。沢田に生き生きとした笑顔が戻っていた。


農業事務所では、羽村がパソコンで調べものをしている。真剣な表情。ドジョウの養殖について調べているのだ。

事務所にマニーが入ってきた。

「マニー！　ドジョウだよ！　ドジョウの養殖をやろう！」

マニーは、羽村に気圧され
「え？」と言葉に詰まる。

「養殖だったら、人手がかからないし、農業と両立出来て、現金収入になる。おまけに、ドジョウは希少価値があるから、高く売れるし、ここみたいに高地で涼しい所の養殖に向いてるらしい。餌は、タニシをすり潰したもので、元手も大してかからない！　やろうよ、ドジョウの養殖！」と一気にまくしたてた。マニーは、羽村の笑顔が嬉しいのか、

「ああ、やろう！　それはともかく、ウチに来ないか？　今、従兄弟の結婚パーティをやってるんだ」

「ありがとう。でも、もっとドジョウについて調べたいんだ」とパソコンに向かおうとするが、マニーの次の言葉に驚いた。

「イッキ・サワダって日本人が来てるんだけど…」

「！　沢田!?」と羽村は腰をあげた。

マニー宅の庭ではパーティの真っ最中だった。村人が現地のダンスを踊っている。それを見ている沢田。ダンスの男が沢田に手招きをすると、「俺？」と沢田は驚いた表情。子供たちが一斉に、

「イッキ、レッツダンス」などと、沢田をけしかける。子供たちはすっかり沢田になじんでいる。沢田は、

「わかった、わかった」と日本語で言いながら、ダンスの輪に入って行く。

その時、羽村が庭に出てきて、沢田の存在に気づいた。踊っている沢田に驚いた。

——なんてヤツだ。何でこんなところで踊っているんだ——

始めは仲々上手く踊れない沢田だったが、徐々にコツを覚えて地元の人たちに溶け込んでいく。踊りが一段落すると、歓迎の大拍手が巻き起こった。

沢田は、「あ～～、しんど～!!」と倒れ込んだ。その様子に村人たちは大笑いした。村人の輪の中で座っていた長老も笑っている。調子にのった沢田は、「よーし、歌おう」と立ち上がったと思ったら、突然大声で「上を向いて歩こう」を歌い出した。すると、現地の人たちも一緒に歌い始めた。驚いたことに、フィリピンの人たちも、この歌を知っていた。かつて「スキヤキ」として世界中に知れ渡った坂本九の歌だ。パーティーは大合唱となった。

羽村の心にぐさりとささるものがあった。沢田は自分とは違うアプローチをしている。マヨヤオに来たばかりだというのに、もう村人たちに慕われている。

しかし、羽村は、その現実を振り払おうと必死にもがいている。何かとんでもないことが自分の生活の中で起ころうとしていると思った。

長老は沢田を見ていたが、その視線を輪の外の羽村に移した。何かを感じたようだったが、黙ったままだった。羽村は沢田をじっと見つめていた。

宴会が終わった庭の一角で休んでいる沢田。日も沈み、空にはかすかに明かりが残っている。暑くも寒くもない気持ちのいい時間だ。遠くから犬の吠える声が聞こえる。そこに羽村が近づいてきた。

「…何しに来たんですか?」と羽村。

「観光省の取材だよ」

「宴会で踊るのが?」

「盛り上がっただろ」

「…沢田さんは、協力隊に何しに来たんですか?」

「……お前、ケビン・カーターって知ってるか?」

「…いえ」

「餓死寸前の少女をハゲワシが狙ってる写真で、ピューリッツア賞を獲ったカメラマン」

「その写真なら、見た事があります」

「俺は、その写真に出会って心が震えたよ。俺も、いつかは、こういう人の心を揺さぶる写真を撮れるカメラマンになろうと思った」

「僕は、どうして撮影の前に、目の前の子供を助けてやらないんだって思いましたけどね」

「お前、ホント分かってないな！　目の前の一人の子供を助けるより、一枚の写真で、戦争の悲惨さや愚かさを、世界中に訴えてるんだ。俺は、そういう写真をここで撮りたいんだ」

「それって結局は、自分の為じゃないですか。僕は、目の前の人を助けたいですね」

「同じ目線に立ってね」

「ええ」

「村の人と一緒に踊ったり歌ったり出来ない奴が、同じ目線なのかねえ？」

羽村は、痛い所を突かれたと思ったが、答えた。

「少なくとも、僕は、ここの人達の為に自分が出来る事を、真剣にやろうとしています」

沢田は、その言葉には反応しなかった。

第三章　出会い

物乞いの少年

フィリピンに来てから一年が過ぎようとしていた。沢田はいつも何か考えているようだった。羽村の言葉を思い出すとむかついてくる。フィリピンに来てまだ何も見つけていないという焦りがあった。その日の朝も、観光省への道中イライラしていた。

街の中心街にあるセッション通りの雑貨屋でいつものように英字新聞を買い、事務所に急いだ。信号を待つが、その日はいつもより長く感じる。

その時、脇から垢だらけの手を出して「お腹がすいた」と物乞いの少年が寄ってきた。十歳くらいだろうか。しばらく無視していると、今度は服を引っ張ってきた。沢田はムカッときた。

「うるさい。俺だって腹は減ってるよ」と少年に向かって叫んでしまった。すると少年はすごすごと引きさがった。せいせいした。

中央分離帯で車の流れが止まるのを待っていると、また垢だらけの手が沢田の腰のあたりを触った。一気に頭に血が上り、にらみつけた。

しかし、垢だらけの手にはパンが握られ、それを差し出していた。沢田に「食べろ」というのだ。信じられなかった。乞食の子供が人にモノをあげようだなんて。沢田は自分が恥ずかしくなった。

それが、その少年との最初の出会いだった。

沢田は、バギオの観光地を歩いていた。しかし、写真を撮りながらもどこか元気がない。フィリピンに来たら自分の新たな人生が開けると思っていたが、何も変わっていない。観光省の撮影は、所詮観光地だけ。そこには、ここに暮らす人々の生活感も、人間ドラマもなかった。

沢田は、バギオの公営市場を撮影していた。彼は仕事の無い時は、一人で町に出て被写体を探すようになっていた。

ファインダー越しに見る果物が、美味しそうに見える。地元産のイチゴだ。元々フィリピンには、イチゴはなかったという。イチゴを伝えたのも日本人だ。二十世紀の初頭まで田んぼばかりだったこの地で、日本人移民は畑をつくり、キャベツやゴボウなどの高原野菜の菜園を始めた。その中にあったのがイチゴ。当時貧しかった日本人がこつこつと働き、今日の野菜やイチゴ栽培の礎を築いたのである。今ではバギオや隣町トリニダッドの名産品で、イチゴ狩りも観光客で賑わっている。

沢田はカメラを下ろし、「コレ、いくら?」と聞いた。

三角の帽子がよく似合うイチゴ売りの娘は、

「一盛り五十ペソ（約二百二十五円）よ」

「ちょっと高いな、向こうの店は三十ペソだったよ」

「新鮮さが違うわよ。こっちは、今朝採ったイチゴなんだから」

「二盛り買うから八十にしなよ」

「しょうがないねえ。でも、あんたハンサムだからまけてあげるよ」と同意した。娘は愛想笑いをしながら、言われた果物を沢田に渡した。

すると、ビニール袋をぶらさげた少年が近づいてきた。袋を売りに来たのだ。ここでは、買い物の際、店とは別に袋売りがいる。少年が声をかけた。

「袋は、いりますか。一枚二ペソ（約九円）」

「二ペソか。じゃあ、一枚もらうかな」

と小銭を渡すと、少年はニコリと笑った。見たことのある顔だった。少年は、「ありがとう」と袋に沢田の買った果物を詰め、沢田に袋を渡した。

思い出した。パンをくれようとした少年だ。あのときは物乞いをしていたが、袋売りをするようになったのだ。仕事が見つかってよかったと思った。

「サンキュー」

そう言いながら、沢田はカメラを向けてシャッターボタンを押した。

「サンキュー」少年はあどけない笑顔だ。

「名前は?」

「ノエル」

「アイム・イッキ・サワダ」

「イッキ?」と不思議そうな顔をした。沢田が、

「学校に行ってるの?」と訊ねると、

「お金ないもの」とノエルは素っ気なく、その場を去って行った。悪いことを聞いてしまったと思った。なんて無神経な自分なんだ。この前まで物乞いをしていた子供が、学校なんかに行けるわけがないじゃないか。

それが少年との二度目の出会いだった。

その頃、マヨヤオの小学校では、ある集会が開かれていた。羽村が企画したセミナーだ。看板には「ドジョウ養殖の未来」と英語で書かれていた。村人たちの机の上には「ドジョウ養殖の方法」という手書きの冊子が並べられている。セミナー参加者は五十人ぐらいはいる。

昼下がりで校庭は明るい。屋根が強い日差しを遮ってはくれるが、じっとしていても汗がにじみ出てくる。

前方の黒板の前には講師を務めるマニーと、それを見守る羽村の姿があった。マニーはマイクを使って説明している。

「ドジョウは、ここの気候とも合っているし、それほど難しい事はない。皆が本当にやる気になれば、必ず成功する……」

参加者達はマニーの話を聞いているが、興味があるのかは分からない。羽村は黙って聞いていたが、内心心配でならない。

――やる事はやった…。でも、この人達は、ドジョウの養殖に興味を持ってくれるんだろうか？　自分を受け入れてくれてるんだろうか？――

数人の若者が、冊子をその場に置いて、それぞれに席を立って行こうとする。それにつられて、出て行こうとする婦人もいる。

——やはり、ダメだったか——

理由はよくは分からなかったが、羽村にはじわじわと敗北感が襲ってきた。マニーの表情にもあせりがありありと現れ、額やクビからは汗が垂れている。その様子を見ていた長老が、突然立ちあがった。そして、大きな声で叫んだ。

「皆、聞いてくれ」

その声に、参加者の動きが止まった。長老は続けた。

「知っての通り、私は昔、日本人と戦っていた。家族も、仲間も、自分の右手も失った」

羽村もマニーも、あっけにとられている。

「…でも、それは昔の話だ。今は違う。こうして日本の若者が、我々の為に、ボランティアとして指導に来てくれている。有難いことだ。カズヤは、ドジョウの養殖という、我々が考えつかなかった新しい可能性を示してくれた。皆、カズヤの言うことを聞いて、やってみようじゃないか」

長老が羽村に近づいて、左手を差し出した。

羽村の胸に熱いものがこみあげてきた。羽村も長老の左手を両手で堅く握り返した。村人の中から、大きな拍手がわき起こった。と同時に、村人は羽村の元に集まってきて、「やってみるよ」「ありがとう」などと、握手を求めて来る。羽村は胸が詰まり、「ありがとう」と応えるのが精いっぱいだった。

マニーは、親指を立てて羽村に満面の笑みを向けた。羽村も小さく頷いた。

思わぬケガ

公営市場に沢田の姿があった。沢田は、以前イチゴを買った店の前まできた。イチゴ売りの女性が前と同じように笑顔で沢田を見ている。沢田も笑顔を返した。フィリピンの人は本当に社交的で愛想がいい。沢田は、イチゴ売りに、

「あの小さな、袋を売っていた少年は今日はいないね」と声をかけてみた。

「そうね」とクビを横にふりながら笑みを浮かべた。沢田は裏道に入った。その道と接する路地で小さな少年が不良らしい大きな少年たちに追われていた。通りかかった沢田は、何だろうと後を追った。小さな少年は追い詰められ、殴り倒されていた。不良たちは、

「金出せ！　ほら、出せよ！」と迫る。不良たちは、少年が手に握りしめた小銭を取ろうとするが、少年も噛みついたり足をばたつかせたりして抵抗する。

カツアゲだ。フィリピンは貧富の差が激しいが、貧しい者同士の生存競争も熾烈なものだ。貧しい者がより貧しい者から略奪する。

不良たちはなおも「このガキ！」「ふざけんじゃねーぞ！」などと罵声を浴びせながら、殴る蹴るを繰り返している。少年は泣き叫ぶが、容赦なく、金を奪おうとする。

沢田は、フィリピンの厳しい現状を訴えるシャッターチャンスと思いカメラを構えた。望遠レンズが少年の顔を捉えた。その顔に見覚えがあった。ノエルだった。

シャッターを切ることができない。迷い、動けない。沢田は、ついにカメラを地面に置き、少年たちに駆け寄って行った。

「やめろ！」と沢田は割って入った。不良の一人が沢田を殴る。が、沢田も殴り返し、ノエルから金を取ろうとする不良を投げ飛ばした。不良は起き上がりざまにナイフを取り出す。ナイフは沢田の脇腹にぐさりと入っていった。

「うっ！」

沢田の膝が落ちた。その時、通りかかった女性の「キャー！」という悲鳴が空気を裂いた。

「逃げろ！」

不良達は走って逃げ出した。沢田は路上に崩れ落ちた。

沢田は病室で点滴を受けベッドに寝ている。傍らに志穂がいる。

「何してるのよ、まったく。大騒ぎだったんだから！」

「…写真を撮ってたんだ。最初は…」

「最初は？」

「貧しい奴らが、より貧しい子供から、金を盗ろうとしてた。…我慢出来なくなって、気がついたら…」

「無茶しないでよね。幸い、急所は外れてて良かったけど」

「…ああ」

「さっき、沢田君の家から、着替え持って来てあげたから」

「ありがとう」

「あと、最新の隊員報告集が届いたから、持って来てあげた。羽村君もしっかりやってるよ」と沢田に渡した。

「…見ねーよ、そんなの」と報告集を放り出した。

「あっそ。入院中は暇だからって思っただけ」

「興味ない」と沢田は言い切った。

翌朝。病院の窓からは柔らかい陽射しが差し込んでいる。ベッドの上で沢田は、報告集を読んでいる。志穂の言う通り、入院中は暇だった。読みたくはなかったが、他の隊員たちがどんな様子かやはり気になった。頁をめくると、羽村の報告が二頁に渡って掲載されていた。タイトルは「ドジョウ養殖セミナー〜世界遺産の棚田でドジョウを育てる」。セミナーの内容や、協力してくれる村人たちの様子。その要となったのが理解ある長老と書いてあり、順調に進んでいる様子が分かる。セミナーの写真に載っている羽村の顔が輝いているように見えた。

——羽村は、自分の目指す協力隊をしっかりやっていた。俺は、羽村を否定しながら、撮影をやめて、目の前の子供を助けてしまった。助けた事に悔いはない。だけど…悔しい
——

一ヶ月後、沢田はバギオの観光省に復帰した。屋台で鶏肉と白米の昼食をとり観光省に戻ると、入り口で、ノエルとその姉・アンジェラが待っていた。沢田はアンジェラに会うのは初めてだった。けっして高価な服を着ているわけではないが、シンプルな着こなしが上品な気がした。顔は見事なまでの卵型で、きれいというよりかわいらしかった。まだ十七歳だという。ノエルから「姉だ」と紹介された時は、驚いてしまった。あの貧しいストリートボーイにこんな清楚な姉がいるとは。

沢田は二人をロビーに招じ入れた。

木製の簡素な椅子に座っている沢田とアンジェラとノエル。アンジェラが口を開いた。

「弟のノエルを助けてくれて、ありがとう」

ノエルも続けて、

「体はもう大丈夫？」

「平気、平気」と沢田は思い切り笑顔を見せた。アンジェラも笑顔で、

「とにかく、ありがとう。もっと早くお礼に来たかったけど…。病院に行ったら、もう退院したって聞いて、ここを教えてもらって来たの」

そう言いながら、ポーチから小さな十字架のネックレスを取り出し、沢田に渡した。沢

田は意味がつかめない。アンジェラは、

「助けてくれたお礼。何もできないから」と恥ずかしそうに言った。

その気持ちが嬉しかった。じっと十字架を見つめていると、アンジェラの「ゴッド・ブレス・ユー」という言葉がかぶさった。アンジェラとノエルが立ち上がり、帰ろうとするが、沢田は急いで止めた。

「……待って。写真を撮ろう」

「え？」とアンジェラの口が小さく開いた。

「ちょっと待って」と、沢田はカメラをテーブルに置き、位置を確認して、セルフタイマーをセットした。沢田は二人の後ろに回り、二人の間から顔を出した。

「もっと寄って。スマイル、スマイル！」その瞬間パシャッとシャッター音がした。アンジェラが、

「どんな風に映ったのかなあ？」

沢田はカメラの裏側の撮った画像を見せ、

「ほら」

ノエルが目を輝かせ、

「ビューティフル！」と声を上げた。アンジェラが、

「ねえ、この写真もらってもいい？」というと、沢田はすぐに答えた。

「プリントして、持って行くよ。君達は、どこに住んでるの？」

「…ルナスって所」アンジェラは小さく答えた。

「分かった。必ず、持って行くよ」

沢田は上機嫌だった。


沢田は、観光省の出入り口のガラスドアを開け、アンジェラとノエルを見送った。二人が去って行くと、ロナルドが背後から近づいてきた。そして、

「誰なんだ？」と聞く。沢田はそれには応えず、

「…ロナルド。ルナスって、ここから遠いのか？」と問うと、

「ルナス？　アイツら、ルナスの奴らか。金の鉱山を掘ってる貧しい集落だ。環境は最悪らしいぞ」と顔をしかめた。沢田が返答せずにいると、ロナルドはガラリと表情を笑顔に変えた。

「そりゃそうと、イッキ！　マニラの本省に空きが出来て、僕は来週異動する事になった

んだ」

「え？」

「今までありがとう。イツキも頑張ってくれよな」と言い放つと、呆然とする沢田に手を振り、明るく去っていった。

「……」

それから、沢田に新しいカウンターパートはつかなかった。

マヨヤオの水田

羽村の赴任地、マヨヤオでは田植えから一ヶ月が過ぎた。水が張ってある棚田にも稲がまっすぐに伸びてきて、一面がうっすらと緑色に染まっている。そんな水田に素足で入り、羽村とマニーが住民にドジョウの捕獲器の作り方を指導している。ドジョウの養殖は、徐々に軌道に乗っていた。まず、捕獲器を作り、水田にいるドジョウを捕まえるところから始まる。

羽村が捕獲器からドジョウを取り出している。そのドジョウを、それぞれの農家で産卵、繁殖させる。
農家の庭に住民たちが集まっている。庭のテーブルにはドジョウの入ったプラスチックの容器が置かれている。羽村とマニーが住民たちの前でドジョウを取り出し、白い腹を見せ、そこにホルモン注射をする羽村とマニー。皆物珍しそうに見ている。産卵を促す為には、メスにホルモン注射を打たねばならない。メス親一尾から、約五千尾の稚魚が生まれるが、体長三センチになるまで生き残るのは、千尾くらいだ。

田植えから二ヶ月後、棚田が緑の絨毯を敷き詰めたような情景に変わる。今度は、水田でドジョウの稚魚を溜池に放流する住民達。皆、笑顔だ。生後一週間の稚魚を溜池に放流する。収穫までには、五百尾くらいに減るが、それでも充分な数だ。

稲穂が実り、棚田は金色に光り始めた。もうすぐ収穫のシーズンが到来する。ドジョウも育ち、ついに食堂に卸す日が来た。
以前、羽村がドジョウ料理を食べた町の食堂だ。住民がドジョウを搬入後、代金を受け取っている。その様子を羽村とマニーが遠くから見ている。

「販売先は、とりあえず近くの食堂や市場。そのうち地方都市やマニラにも販売ルートを広げたい」と羽村。

マニーも嬉しそうにうなずいている。

バギオ観光省広報課。机に座って、沢田が現地の英字新聞を読んでいる。新聞の右隅に羽村とマニーがドジョウにホルモン注射を打っている写真が出ている。その横に「Japanese Cooperation Volunteer comes to MAYOYAO developing about Loach farming（日本の協力隊員がマヨヤオに来てドジョウの養殖を始めた）」と書かれた記事が。

――少しずつだけど、ドジョウの養殖は、確実に前に進んでいる――

沢田はジェラシーという感情がわき上がってくるのを抑えようとするが、こみ上げてくるものをコントロールするのは難しい。

――羽村には、自分の居場所があった。でも、俺は…――

沢田は広報課フロアを見回した。まるでそこに沢田などいないかのように、楽しそうにお喋りしている職員達がいる。沢田はポケットから十字架を取り出し見つめた。

ルナス

切り立った山々を縫うように走るジプニー。車内には沢田の姿があった。バギオから南へ車で約三十分。涼しげなバギオの町とはまったく違う風景だ。山々は緑があちこちで削られ、白い岩肌が見える。日差しもきつい。重そうな袋をかついだ男たちが道を歩いている。顔も衣服も土や岩の白さで汚れている。厳しい労働と貧しさが伝わってくる。

ここルソン島北部では、いくつかの集落で金の採掘が続いている。大手の鉱山は閉山した。が、個人で採掘する人が増えた。開発会社に一定の手数料を払えば、だれでも自由に採掘できる。だから、一攫千金を狙う貧しい人たちが、農業をやめてでも金の採掘を行っているのだ。

だが、問題になっていることがある。採掘者の健康被害や周辺環境への汚染だ。金を精製するとき、人体に有害な青酸ナトリウムや水銀を使用する。有害物質の混じった排水はそのまま河川に流されている。国は規制しているが、個人採掘者にまで管理が行き届いていない。

一グラムあたり千五百ペソ（約三千円）で売れるというから、一グラムで一家族が半月ほど食べていける収入になる。農業より少しは安定する。当てれば、それこそ一夜にして大金持ちになれることもあるから、採掘を始める若者たちも増えている。失業者は、「泥棒などの犯罪に手を染めて生きていくよりマシだろう」という。今はこの環境破壊を誰も止められていないのが実情だ。

沢田はジプニーを降りて歩き始めた。ポツンポツンとバラック小屋がある山の中の集落。歩きながら、沢田はため息をついている。

――観光客が絶対見る事がない、もう一つのフィリピンの現実があった――

明らかに褐色に濁った色の川が流れている。

沢田は異変を感じ、黙ってシャッターを切った。

川をつたっていくと、砂金を洗っている女性たちがいた。多くは暑い日差しを避けるようにカラフルなパラソルの下でおしゃべりしている。皆、薄汚れた身なりだ。きつい労働に疲れ休んでいるのだ。沢田は、格好の被写体だと思い、カメラを向けた。女性たちは恥ずかしがったが、拒否するでもなかった。

その一団から少し離れたところで一人、砂を洗っている女性がいる。お腹が大きい。妊婦もこんなところで働くのか。

女性はレンズを向ける沢田に気づき、嫌な顔をした。沢田は黙って写真を撮ったことを恥じるように、頭を下げた。女性の顔が少し緩んだ。沢田は安心し、声をかけた。

「…あの、アンジェラに会いに来たんですが…」

「アンジェラの知り合い？」

沢田は頷いた。

アンジェラは、雑貨店で暇そうに店番をしていた。雑貨店といっても台風が来たら軽く吹き飛ばされそうなぐらい簡素なもので南国特有の椰子の葉っぱで屋根を葺いているような、ある意味地域の貧困を象徴するような店だった。そこへ、砂金採りの女性に連れられて沢田がやってきた。女性はシンディといった。

「アンジェラ。お客さんよ」とシンディが外から呼びかけると、アンジェラが飛び出してきた。

沢田がニコッと笑うと、アンジェラも驚きを見せながらも笑顔で応えた。

アンジェラは少々焦った。まさか、こんなところまで外国人の沢田が来るとは思ってもみなかったからだ。アンジェラは慌てながらも沢田を店の前に置いてあるプラスチック製の白い椅子に座らせ、自分も横に座った。沢田はすぐに持参した写真を見せた。観光省で撮った沢田とアンジェラとノエルの三ショット写真だった。写真を見たアンジェラは、

「とっても素敵。…ありがとう。わざわざ持って来てくれて…」

「持ってくって言ったじゃないか」

「そうだけど…。まさか、ホントに、こんなところに持って来てくれるなんて…」

「約束だから」

「……」

そこへノエルが帰ってきた。沢田を見るなり走り寄ってきて、

「イツキ！　来てくれたんだね」とノエルが息せき切って話す。

「写真持って来てくれたわよ」とアンジェラは写真を渡した。ノエルは、目を輝かせながら写真を見て、

「グレート！」と声をあげた。

アンジェラは、傍らのガスボンベで沸かしていたお湯で、お茶を入れ、沢田に渡した。

「はい。お茶くらいしか、出せないけど」

「…ありがとう…」と答える沢田だが、何か気になるのか、じっとお茶を見ている。沢田の脳裏にさっきの濁った川の水が浮かんでいるのだ。それを察したアンジェラは、

「大丈夫。それは川の水じゃないから」といった。沢田は、

「…あの川の水は、どうしてあんなに濁ってるの？」と気になっていた疑問が出た。

「鉱山から掘った金を精錬する時、薬品を沢山使うの。それを、そのまま川に垂れ流してるから…」

沢田は無言で考えている。

「この水は、山の上の湧き水から水道を引いた水だから大丈夫。…でも…嫌だったら飲まなくていいわ」と寂しげに笑った。沢田は、「全然大丈夫」と言いながらガッと飲んだ。

「あちいっ！」

ノエルが笑うと、アンジェラも吹き出した。沢田も笑うしかなかった。

以来、沢田のルナス通いが始まった。

ルナスの風景を撮って回る沢田の姿が毎日のように見られた。鉱山で働く人々や、汚染された川の周辺を撮影して回る。砂金を洗う妊婦・シンディも、カメラの前で笑顔を見せるようになった。沢田がふと後ろを見ると、ノエルがぴったりくっついて一緒に回っている。ノエルが目を輝かせて立っている。

「ノエル、写真好きか？」

ノエルは頷いた。

「撮ってみるか？」とカメラを渡そうとする。

「いいの？」とノエルは顔を輝かせて、カメラを手にする。

「いいか？　まず、カメラをこう持って…」と沢田は、ノエルに、カメラの基本操作を教え始めた。

アンジェラがそれを離れた所から見ている。思わず微笑がこぼれる。

それから、沢田がノエルに写真を教える日々が続いた。それをアンジェラも歓迎していた。

沢田は、ノエルが写真を撮影しているのをチェックして、

「これじゃ逆光だ。太陽は自分の背中側に来るように」などと教える。ノエルは真剣に耳を傾けている。

ある日沢田は公害の風景や劣悪な生活環境を撮影していた。それを後ろで見ていたノエルが、

「イツキ。何でそんなモノ撮ってるの？　もっとキレイな景色を撮ればいいじゃない。海とか山とか」と訊くと、

「ここの生活は酷すぎる」

「仕方ないよ。お金が無いし、誰も助けてくれないし」

「皆、ここの人が、どういう生活をしているか知らないもんな。でも、俺が撮った写真を見て、ここの生活を知れば、誰か助けてくれるかもしれないし、新しい道が開けるかもしれない」

ノエルは黙ったままだった。

バギオ・観光省の広報課長に、ルナスの写真を見せている沢田がいた。

「何を言ってるんだ？」

課長は不愉快そうに言った。沢田は反抗的に、

「ですから、ここはフィリピンの社会問題の縮図なんです。貧困、公害、それに子供が学校に行けない教育問題もあります。是非、この写真を発表して…」

「イツキ、ここは観光省だぞ。君は、こんな事をする為に、日本から来た訳じゃないだろ」とさっさと事務所から出て行った。

沢田は返す言葉がなかった。こんな写真が観光省で使われるわけはないと分かってはいたが、誰かに見てもらいたかった。こんなことをしていてもルナスの現状が変わるわけはない。沢田は自分の無力さを感じていた。

沢田は、ルナスの雑貨店でアンジェラの出したお茶を飲んでいた。溜息をついている。

「どうしたの？　何かあったの？」

「…別に。あ、そうだ。これ、ノエルが撮った写真。渡しといて」

沢田は数枚のプリントした写真を、アンジェラに渡した。アンジェラはそれを見て、

「これを、ノエルが…?」

「うん。ノエルは才能あるよ。どんどんうまくなってる」

「…ねえ。どうしてノエルに写真を教えてくれるの?」

その質問に、沢田はちょっと焦った。

「…俺に似てるからかな…」と答える。

「イツキと?」と不思議そうな顔をするアンジェラ。

「俺も親父が死んで、貧乏だった。いつか有名なカメラマンになるんだって夢だけが、俺の支えだったんだ。人って夢があれば、苦しくても頑張れるだろう? ノエルにも、そういう夢が出来ればいいと思って」

アンジェラは黙っている。今度は沢田が質問する。

「アンジェラ。キミの夢は何?」

「…皆が幸せになる事」

沢田は黙っている。

「ノエルが学校に行けて、お金も少し余裕が出来て、皆が笑って暮らせればいい。それが私の夢」とほほえむ。

沢田は黙ったまま、アンジェラの顔を見ていた。

バギオの郷土料理レストランで沢田と志穂がビールを飲んでいる。志穂が沢田を誘ったようだ。

「珍しいな、呼び出すなんて。何か相談でもあるのか？」

沢田が訊ねると、その時、後方から「久しぶり」という声がした。羽村だった。志穂は知っていたらしく、手を挙げて「遅いぞ」と呼んだ。

沢田は少し不機嫌になった。志穂が仕掛けたのか。

現地の料理が運ばれてきた、三人は黙々と食べ始めたが、志穂が口火を切った。

「それぞれの任地に入っちゃうと、同期でご飯食べるなんて、ホントめったにないよね」

「そうだな」と羽村が応えた。それに沢田が口を開いた。

「…バギオに、何の用？」

「ドジョウの産卵を促す、ホルモン剤を買いに来たんです」と羽村はきまじめにこたえる。

笑顔の志穂が、

「噂で聞いてるよ。羽村君、頑張ってて、凄いよね」

「まだまだ、これからだよ。俺がいなくなっても村の人が養殖を続けて、自立出来るように、もっと頑張らないと」とやはり答えはまじめだ。志穂が、

「なんか、ザ・協力隊って感じ。充実してて、羨ましいな」と続けた。その時、沢田が目を止め、

「あれ？　何、それ」と羽村の皿を指さした。羽村が残した肉料理だ。黒くて、一見グロテスクだが、食べ慣れると美味しく感じられるようになる料理だ。

「現地の人が食ってる物食わないで、よく現地の人と同じ目線とか言えるよなあ」と沢田が嫌みをいう。

「誰にでも、好き嫌いくらいあるでしょ！」と志穂が抑えようとする。しかし、羽村は意地でかぶりついた。それを見た沢田は、

「食うなよ！　自分が正しいと思ったら、貫け！」

「あー言えば、こー言うんだから、もう！」志穂は呆れ顔だ。

　羽村は、肉を流し込むようにビールを飲み干し、「先に帰ります」と言い残して、出て行った。二人は残された。志穂は、

「何で、羽村君に突っかかるようなことばっかり言うの？」

「…アイツが…親父に似てるから」

「はあ？」

「親父は、俺が高校生の時、阪神大震災のボランティアに行って、帰り道に事故で死んだ。ウチの印刷工場は、大黒柱を失って潰れちまって、それから、おふくろが働きに出て、俺を写真の専門学校まで行かせてくれた」

　志穂は黙って聞いている。

「親父の事、誰に聞いても、いい人だったって言うよ。困った人がいたら、親身になって助けてくれたってね。でも、その皺寄せは、全部家族が被った。家族を不幸にして、何がいい人だよ。何がボランティアだよ」

「……」

「結局は、外面だけのポーズじゃないか。偽善だよ」と沢田はビールをあおった。

　志穂は返す言葉が見つからなかった。

　翌日、志穂から沢田に電話があった。羽村にも電話したようだった。三人は、トリニダットの橋で待ち合わせた。羽村が待っているところに、志穂に連れられて沢田もやってきた。しかし、羽村も沢田も黙っている。志穂が

「同期なんだからさ。仲直りしなさいよ」と声をかけるが、二人とも黙ったままだ。

「ほら」と再び志穂が呼びかける。二人の手を取り、握手させようとする。

沢田も羽村も顔を背けたままだ。志穂は、無理やり二人の手を重ねた。

「これでいいよね」

その言葉にも二人は反応しなかった。

第四章 革命と別れ

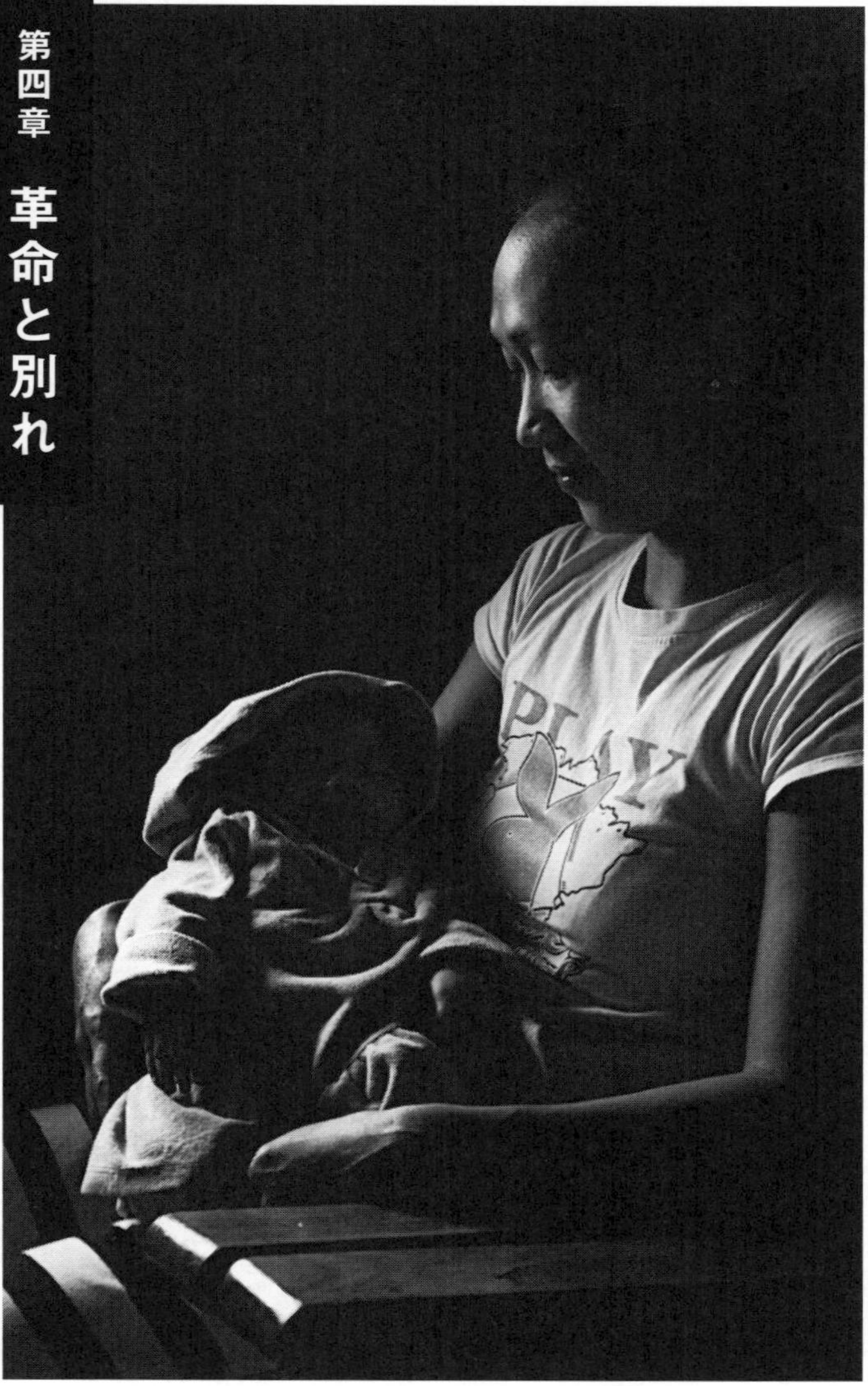

マニラでの洗礼

帰国が近づいていた。沢田にはやり残したことがあるような気がしていた。ルナスの件もそうだが、それは観光省にいたのではどうしようもない。そのことよりも、沢田は自分がまだまだ勉強不足だと感じていた。フィリピンに来て、地方とはいえ、いろいろなことを感じていた。フィリピンのかかえる矛盾点が気になってきていた。貧富の差にしても、鉱害の問題にしても、売春婦や人身売買の問題にしても、どうしてこういう問題が起こるのか、どうやったら解決するのか、分からないことだらけだった。

しかし、このところの新聞を読んでいると、首都マニラでは大変な騒動が起こっているのがわかる。街では毎日のようにデモやストライキが起こって、大統領が退陣に追い込まれそうになっている。沢田がフィリピンに赴任した当時、民主化を訴える反対勢力のリーダー、ベノグド・アコノ氏が何者かに暗殺されるという事件が起きた。

当初から大統領の関与が噂されていたが、大統領の権威は絶大なもので、そんなことで政権がひっくり返ることはないと思っていた。何しろ、沢田が生まれ育ってきた日本で政変が起こるなんて想像もできないことだった。それが、この国では起きようとしている。沢田は、マニラの現状をこの目で見てみたいと思うようになってきた。このままでは、本当に自分がかつて志したようなカメラマンには到底なれないのではないだろうか。そう思うようになってきた。自分は何も知らない。知らないからいろいろな夢を見ることができたのだ。

自分が何も知らないということを自覚した。それが二年間で学んだことかもしれない。

それにしても、この国で政変が起きようとしているのに、協力隊から帰国命令が出ないことが不思議だった。マニラの田中剛駐在員に電話で「帰国ですか？」と打診したことがあった。駐在員は、「東京の本部からは命令はしないそうだ。危険だと感じて帰国したい人は帰ってもいいが、いたい人は残っていい」との返事だった。

仲間の隊員に聞いても、誰も帰国希望者は出ていないようだった。じゃあ、そんなに大したことじゃないんだと沢田は思った。そうだよな。そう簡単に政権が転覆するわけないから、と思うだけだった。

しかし、マニラの状況は知りたいと思った。あの有名なスモーキーマウンテンだって見てみたい。帰国前に行ってこようと思った。

沢田は、休暇を丸々三週間とった。フィリピンでは長い休暇はあたりまえだった。フィリピンに限らず、開発途上国では欧米の植民地支配が長かったせいで、社会システムが欧米流。労働者が年間一ヶ月の休暇を取るのはあたり前だった。これが日本でも採用されればいいのに、と沢田は思った。

前年も沢田は約一ヶ月間休暇をとってフィリピンの国内を旅した。その時、こんなぜいたくな時間はないと思った。もっとも、沢田は、ビーチばかり訪ね歩いて、遊びほうけていた。マニラのＪＩＣＡ事務所に寄った時、田中駐在員に声をかけられた。遊んでいるから注意されるのかと思ったが、そうではなかった。

「沢田君、年に一ヶ月間の休みがあれば、もう一つ自分の人生が増えたようだろう。職場からの命令がないと過ごし方を自分で決めなければならない。そうすると自分とはなにか、自分は何がしたいのかなどと考えなければならない。そこで自意識というものが生まれる。仕事だけの人生ではない、別な人生のあり方に気づくんだ」

さすがに海外経験の豊富な駐在員は言うことが違うなと思った。駐在員はさらに、

「日本で自殺者が毎年約三万人もいるが、あれは、仕事に行き詰まったときに逃げ場がないからだな。ボランティア活動でも旅でもいいから、会社以外の自分を持てばもっと幅広

く考えられ、自殺者も減ると思うよ。それが人間の幸福感につながる豊かな人生というものじゃないかなあ」といった。沢田は、全く同感に思った。

沢田は、今回のマニラ訪問では隊員宿泊所に泊まった。お金がかからないからだ。JICAでは、どの国でもそうだが、地方隊員が首都滞在の際に利用できる宿泊所を設けている。宿泊所には二段ベッドが用意され、十数人は泊まれるようになっており、自炊も可能なように広い台所や、隊員同士が交流できる大きなテーブルやソファも備えられている。これは南国だからなのだろうが、庭には小さいがプールだってあった。

沢田は、そこを拠点に街を見て歩いた。マニラ大聖堂や博物館などの観光地はもちろん、貧民街も歩いた。普通の日本人なら一人で行くのは避けるだろうが、隊員の場合は、一人で動くことには慣れていた。現地の空気になじんでいるから、泥棒や強盗にも狙われない。本当に危険だと思えば、すぐに現地で友人を作り、ガイド代わりに一緒に入っていくのが通例だった。沢田も、スモーキーマウンテンにはフィリピン人ガイドを連れて行った。

スモーキーマウンテンは、噂に違わずすさまじい所だった。

地面はほぼゴミで埋まっている。遠くにゴミ収集車らしい車が何台かあり、人々の影が見える。ゴミが燃えているのか煙が立ち上っている。この光景を称してスモーキーマウンテン（煙の山）と呼ぶのだろう。

日本でいえば東京・江東区の夢の島。夢の島と違うのは、一般の人が住んでいることだ。彼らはゴミの上に家を建て、ゴミの中から残飯を探し出して食べ、ペットボトルや金属類を集めてはリサイクル業者に売って生活している。

沢田が撮影に向かおうとすると、阻止する人たちがいる。

「おまえ、撮影許可を持っているか？」

「持っていないよ。どこで許可をもらえばいいんだ？」と問うと、沢田の質問には答えず、

「許可がないと撮ってはダメだ」という。

ガイドのアデが割って入って、事情を説明している。彼らもなかなか後には引かず、激論を始めた。

カメラを持って撮影していた白人の男が何事かと近づいてきて、「私はＮＧＯのメンバーで、ここで四年も活動しているから撮ることが許されているんだ」と声をかけてきた。

そんな大変なことなのか、それじゃ撮影は無理だなとあきらめかけたら、アデがこちらを見て、

「二百ペソ（約六百円）払えば許してやるよ、と言ってるが」という。

なんだ、そんなことかと、沢田は黙って二百ペソを払った。

男は「よし、じゃ、俺についてこい」と今度は案内し始めた。

何だか気が抜けたが、まあ、貧しさとはそんなものだろうと思った。

ゴミの間を縫うように歩く。金属類、ペットボトル、紙類と分けて置いてある。ときどき水たまりがあり、豚が水浴びをしていたり、犬が水を飲んでいたりする。ここでは、ゴミも動物もごっちゃになって存在している。

途中で出会った、母と四人の兄妹らとゴミを拾って暮らす十五歳の少年は「父を病気で亡くし、次男である自分が働いて家族を養いたいのだが、一日中ゴミを拾っても百ペソにもならない」と話す。

ゴミの家の前で椅子に座って暇そうにしていた十九歳の女性は妊娠していた。

「夫と一緒に暮らしているが、ゴミ拾いでは食べていくだけで精一杯。自分も働きたいのだが、仕事は簡単には見つからない。いまゴミ焼きの煙が赤ん坊の健康を害するのではないかと心配しています」と沢田に訴えるように話した。

ゴミの集積地に戻ると、ちょうどそこへゴミ収集車が到着した。男たちはゴミ収集車の上や横にへばりつくように乗っている。いいゴミを早く得たいがために、到着前から群がっているのだ。集積地では大勢の人が待っている。

ウィーン、ウィーンと収集車が荷台を傾けると、ゴミがドドドッと落ちていく。われ先にと人々がゴミをあさり始める。黒いビニール袋に収穫物を入れる。紙、布、缶、ビン…何でもある。中には何の料理か判別できないが、残飯の塊が袋のなかからはみだしているのが見える。それを老婆がどうやって持ち帰ろうかと思案している。

まるで食べ物に群がる虫のようだ。沢田は近寄ってシャッターを押す。沢田に気づいた人たちが顔をこわばらせ、「撮るな」と叫ぶ。飛びかかってきそうな勢いだ。沢田はひるんだ。それ以上撮れる雰囲気ではなかった。

クーデター

ストライキや暴動は毎日のように起こっていた。それは分かっているのだが、どこに行けばそれに遭遇することができるのか分からなかった。ある日の午後、それをつかむためタクシーの運転手に聞いてみた。

「ストライキが起こっているところに行きたいのだが、連れて行ってくれないか？」

運転手は「ＯＫ」とすぐ返事したが、「でも、近くまでだぞ。危ないからな」と沢田に確認した。沢田も「ＯＫ、大丈夫だ」と指で示すと、運転手は車を発車させた。現地の人は、特にタクシー運転手は自分の仕事に関係するから、どこでストライキが起こっているか知っている。

車は街の真ん中に向かっていた。どうも市庁舎の近くでやっているらしい。車は賑やかな交差点を左折すると、少し上り坂になっていた。坂の中腹までくると運転手が、「ほら、あそこだ」と指し示す。前方を見ると群衆が見えた。

「もう少し近くまで行ってくれ」と沢田はうながした。遠くて写真に写りにくそうだったからだ。

「ＯＫ、少しだぞ」と運転手は登っていった。

ワーワーと声が聞こえてきた。沢田はぞくぞくしてきた。ところが、その瞬間ガツンという音がした。石がタクシーにあたったのだ。

――やばい、投石してる――

運転手は、大急ぎでＵターンした。すると、タクシーの後方で、再びゴツンと音がした。

運転手は必死だった。その形相をみて、沢田も怖くなり、身を屈めた。タクシーがUターンを終えると、タイヤの摩擦で、後方に青い煙が立ち上がった。車は急発進して逃げた。元の交差点を渡り終えたとき、「助かった！」と思った。

翌々日、今日はマニラのメインストリートでゼネラルストライキがあるという。今朝の英字新聞のトップニュースだった。沢田は、朝から広場で待っていた。怖いのでカメラはバッグの中にしまった。帽子で顔を隠し、できるだけ現地の人に近い格好をしてでかけた。一昨日のことがあるから怖かった。投石があれば逃げるしかなかった。

デモはほぼ時間通りに始まった。坂道の上から若い男性を中心に大勢の人たちがプラカードを掲げている。学生が多い。大統領の悪口ばかりだ。大統領夫人の写真もあった。贅沢三昧の生活をしていることで有名だったから、ついに不満が爆発したのだ。しかし、今日は投石をしているものはいない。

沢田は少し安心して、デモと一緒に歩き始めた。人々に合わせて拳をあげたりした。自分もデモをしているような気分になった。しばらく歩くと大きな交差点に出た。デモはどんどん膨らんでいく。沢田と同じように、途中から参加する人も多い。タガログ語だから何を言っているのかわからなかったが、叫ぶ声も大きくなっていた。

沢田は、もうそろそろいいだろうと、鞄の中から一眼レフを取りだした。勇気を出してレンズをデモ隊に向けた。それをとがめる者はいなかった。むしろ、「撮れ」「撮ってくれ」「俺たちの声を聞いてくれ！」と言っているようだった。

沢田は連続して撮り始めた。これはいい。俺はこういう写真が撮りたかったのではないか。そう自分に問いかけた。しかし、この写真が何を意味し、どこに発表しようというのか、それを考えると、自分はまだまだ未熟だと思った。

その時、坂の下の方から緑色の幌をつけたトラックが二台やってきた。ひょっとしたら、あれは軍隊ではないか。

トラックは、デモの先頭の前で止まった。何が起こるのだろう。

その瞬間、トラックの荷台から次々と軍人たちが降りてきた。あ、銃を持っている。沢田がそう思った瞬間、バンバン、ババババ……とデモ隊めがけて発砲し始めた。逃げ惑う人たち、倒れる人たち。

沢田は道路に伏せた。兵士たちが人々を追いかけながら撃っている。

やばい！　兵士に殺される。沢田も起き上がり、逃げ出した。どこへというあてはない。

路地裏に入り込み、ただひたすら走った。

途上国の洗礼を受けた気がした。

志穂の葛藤

沢田は夜行バスを使って、バギオに帰ってきた。身も心もすっかり疲れていた。結局、大した写真も撮れず、逃げ出すしかなかった。それは挫折感に近かった。そんな心を癒やすかのように、ルナスにやってきた。いつものようにノエルと一緒に撮影していた。

「うまくなったな、ノエル」

「ホント？」

「ああ。撮影技術はうまくなった。でも、それだけじゃ、人の心を揺り動かす写真は撮れないと思うんだ」

「…どうしたらいいの？」

「自分が心からキレイだと思ったり、感動した気持ちを写真に込めないと、人の心を揺り動かす事は出来ない。写真は、気持ちで撮るんだ」

ノエルは頷いた。しかし、その言葉は沢田自身に投げかけた言葉でもあった。

その時、アンジェラが坂道を走って来た。

「シンディが、シンディが大変!!」とあわてている。沢田もノエルも、アンジェラと一緒にシンディの家に大急ぎで向かった。


シンディの家に沢田とアンジェラが到着すると、妊婦のシンディが、大量の血を流し、うめいている。誰が見ても異常事態だが、周囲はなすすべもなく、励ますぐらいしか出来ない。

「救急車は呼んだのか!?」と沢田が叫んだ。アンジェラは、「そんなお金も無いし、医者も、ここには来てくれないわ…」と悲しげに首を振った。

沢田が携帯電話をとり出した。


シンディの家のそばに、今度はタクシーが停まった。

「志穂！　こっち！」

タクシーから降りてきたのは志穂だった。沢田が呼んだのだった。

シンディを見た志穂は、手際よくシンディの脈をとり、症状を診ている。シンディが

「…ほっといて…」と声を振り絞る。

「赤ちゃんが死んじゃうよ」と志穂。

「子供が生まれたら、シンディは、働きに出られなくなるの」とアンジェラがシンディの代わりに答えた。

「旦那は？」

「いないわ！　シングルマザーになるの」とアンジェラ。

志穂は木製の古い聴診器を使い、黙ってお腹の音を聞いている。

「これも、神様の決めた事なの…」と再びアンジェラ。

「…どうか…このまま…」とシンディがうめく。

沢田は何ともしようがなく、おろおろしている。志穂がアンジェラに、

「お湯を出来るだけ沢山沸かして！　それと、清潔な布をあるだけ持って来て！」

テキパキと指図する。アンジェラはためらっている
「子供だけじゃない！　このままじゃ母体も危ないのよ！　シンディが死んでもいいの⁉早く！」

志穂の指示に、慌てて動き出すアンジェラ。

沢田は見ているしかない。志穂は水場で手を洗い出した。

「…私がやるしかない。私が…」と志穂は何かを決意したようだった。

次の日の夜、バギオのいつもの郷土料理レストランで、沢田と志穂がビールで乾杯している。志穂が言った。

「良かった。赤ちゃんも、お母さんも無事で」

「お前は、スゲーよ。俺なんか、マニラに行っても何も撮れなかったもんな」

「マニラに行ってたの？」

「うん、ちょっとマニラの様子が気になってな」

「そうね。この国はどうなるんだろう。転覆するのかな」

「まあ、そんなことより今日は赤ちゃん誕生のお祝いだ。…でも、悪かったな。協力隊員は、お産とかの医療行為しちゃいけなかったンだろ？」

「そうなの。私、プロジェクトを統括しているお役所に呼ばれて、大目玉食らっちゃった。プロジェクトの仲間は、緊急事態だったから、仕方ないって慰めてくれたけど」

「何なんだよ、そのお役人」と沢田が怒ると、志穂もやりきれず、ビールを一気に飲んだ。

そして言った。

「でも……私、間違ってなかったよね…？」

「え？」

「子供が生まれたら、働きに出られないって言ってたじゃない。私が、あの親子の面倒、一生みられる訳じゃないのに…」

「……」

「余計な事しちゃったのかなって…」

「…分からないけど…、お前が赤ちゃんと母親の二人の命を救ったった事だけは、確かだよ」

「うん。ありがと。でも、何だかよく分からない。私、何しに協力隊に来たのかな」と涙ぐんだ。


帰り道、沢田は千鳥足で歩く志穂を送ろうとしている。

「ほっといて！　一人で帰れるから」

「飲み過ぎだよ、志穂」

志穂は急に立ち止まった。

「どうした」と沢田は声をかけた。

「私、何しに来たのかな。何しにフィリピンに来たのかな」と泣き出した。

「……」

気持ちを察し、沢田は志穂の肩を抱こうとするが、志穂はその手を振り払い、

「そういうのいらないから…」

「えっ？」

「フィリピンイリュージョン、いらないから…」と大泣きする。

「バカ、俺は、別に、ただ、その…」

「泣かせてよォー。黙って、気持ちよく泣かせろよォ…」

「……」泣き続ける志穂を、沢田はただ傍らに呆然と立ち見守るだけだった。

沢田は、協力隊の二年間って何なのだろうと考え込んでしまった。自分にしても志穂にしても、自分たちの活動が本当にフィリピンの役に立っているのだろうか。これは大いなる疑問となった。

この疑問を解くためには協力隊の出発点を見なければならない。

協力隊事務局の創設は一九六五年。ＪＩＣＡの前身である海外技術協力事業団（ＯＴＣＡ）の活動の一部として始まり、フィリピン、マレーシア、ラオス、カンボジア、ケニアへ四十人が初年度に派遣されている。

なぜ、こんな事業が始まったのであろうか。実は、協力隊創設の四年前にアメリカ合衆国で、やはり開発途上国にボランティアを送る平和部隊（ピース・コー）という事業が始まっている。これは時の大統領、ジョン・Ｆ・ケネディが米国のフロンティア精神を取り戻そうと提唱したもので、たちまち世界で評判となった。

日本はこれを真似たと思われがちだが、実は、日本の方が早く構想していた。日本の青年団などの民間団体が、第二次世界大戦の後、「青年の手で戦争の後始末を」「人づくり、社会づくり、国づくり」などのスローガンを掲げ、地域開発のボランティア活動を行っていた。そんな土台があったところに、一九五一年のサンフランシスコ平和条約に基づくアジア各国への戦後賠償が始まった。また一九五四年には、日本が初めて開発途上国援助を目的とする機関「コロンボ・プラン」に加盟し、日本は小規模ながら国際協力に踏み出した。そんな時、青年団の若者が交流や協力の場にかり出された。

ところが、民間組織では負担が大きく、国でやるべきではないかという意見が出て、日本政府と構想を練っている時に、米国の平和部隊が大々的に出てきたというわけだ。だが、そのことが、青年海外協力隊設立の実現に拍車をかけたともいえる。

当時ボランティアを開発途上国に派遣していたのは平和部隊だけではない。先進国のほとんどが、民間なり、宗教団体なりで援助を行っていた。

その後、そうした先進国の活動は、一九六八年にカナダのピアソン元首相を委員長として世界銀行に設けられた委員会によって「ピアソン報告」としてまとめられた。「世界は一つの村である」という概念の下、先進国が開発途上国を援助・協力しようという行動指針が示された。人類が初めて公式の場で〝地球家族〟を意識化したのである。

当時、開発援助が盛んになったもう一つの理由がある。東西対立だ。米国を中心とする自由主義陣営とソ連を中心とする共産主義陣営の勢力圏争いだ。両陣営の影響力を示すための戦略的援助というわけだ。

援助に政治的な背景があっても不思議はないのだが、日本の協力隊の場合、他の国とは多少異なる二つのことがある。それは、ほとんどの隊員が何らかの技術を持っているということ。もう一つは、技術協力と共に、日本の青少年育成という目的が構想段階ではあったということ。高度成長を成し遂げた日本は、今や貧困や不便さや過酷な状況など、苦労することや堪え忍ぶことがほとんどなくなっている。そんな環境ではひ弱な人間しか育たない。そこで途上国の胸を借りて、鍛え直してもらおう、世界的な視野を持ってもらおうという主旨もあった。だから、沢田や志穂がいろいろなことで悩み葛藤することは目的の一つであったという言い方もできるのだ。

沢田は、自分の疑問を電話で田中駐在員にぶつけてみた。

「沢田ですが、ちょっと疑問に思っていることがあって。……訊いていいですか?」

「何だ、突然」

「ボランティアって何かよく分からなくなってきました。協力隊の場合、海外手当をもらっていますよね」

「そうだね。あまり額は多くはないが、食べて暮らせるだけは支給している」

「それって、純粋なボランティアじゃないんじゃないですか。給料をもらっているのと同じじゃないですか?」

「あのね。日本で使われるボランティアという言葉の中には『無償』とか『慈悲』とか『滅私奉公』というニュアンスが含まれているけど、本当は違うんだ。ボランティアの意味を辞書で調べると、『自発的に参加する人』とある。ボランティアの中心になる意味は『自発性』なんだよ。金銭を受け取るかどうかは決定的な問題ではない。自発的に参加したという精神こそが大事なんだよ。沢田君だって、自発的にフィリピンに来たんだろ」

「そうですけど。僕は、フィリピンではボランティア精神そのものが異文化のような気がします。みんな必死で競争して、取り合いをしている所に、ボランティア精神なんか持ってきても通用しない気がします。僕はむしろボランティア精神を捨てて、フィリピン人の中に入っていった方が、フィリピン人の気持ちがよく分かると思うのですが」

「そんなに、ボランティアという言葉にこだわる必要はないよ、沢田君。君が、例えば引っ越して、知らない土地に住まなければならなかったとする。その土地になじむために、『何かお手伝いしましょうか』といいながら住民の中に入っていった方がスムーズに溶け込めるだろう。ボランティアというのは、その程度の意味合いでいいんじゃないか。異文化の中に入っていくとき、ボランティアって言葉は便利だろ」

「そんなことでいいんですか。この国のために役立たなくていいんですか？」

「この国のために役立つかどうかは、この国の人が選ぶこと。君は、君が気に入ったことをやっていればいいいんだよ」

「気に入ったことをやれば、というのであれば、こちらの人は迷惑かもしれないじゃないですか?」

「迷惑かもしれないというのは、ボランティア活動にはいつもついてまわるよ。世の中には、親切の押し売りってことがいっぱいある。だから、事務局は、相手国のニーズをいつも聞きながら動いている。ただ隊員が好きでもないことを、歯をくいしばってやられても、こちらの人は迷惑なんだ。楽しんで生活してくれていることを、何よりもまずこちらの人は望んでいる。仕事とか、発展の前にまず友情。それが自然な人間関係だ。それに、好きなことをやるっていっても悪意があってやる人はいないだろう。結果的に悪く出ることもあるかもしれないが、その部分は目をつぶるしかない」

「じゃあ、今回の志穂の件は、どうなんですか?」

「ああ、その報告は受けているよ。隊員が医療行為をしてはいけないというのはルールだ。彼女がルールを破ったことは事実だから、そこは責められても仕方がない」

「だって彼女は赤ちゃんと母親を救ったんですよ。いいことをしたんじゃないですか」

「今回は、たまたま母子が救えたからよかったが、万一、どちらかが亡くなるようなことがあって、裁判にでもなったら困るだろう？　それはフィリピン政府も日本政府も望んではいない。だから、医療行為をしてはいけないという協定を結んでいるわけだよ。医療行為以外にもやって欲しいことはいくらでもある。だから、そちらを日本の若者に頼んでいるわけだ。フィリピン政府としても、そこまで日本の若者を追い込みたくないからという親切心ともとれる。どちらにしても、政府ベースでやっていることだから限界はあるよ」

「でも、協力隊員である前に人間なんじゃないですか？」

「そういうことで野村（志穂）はやったんだろうけど、そこはグレーゾーンだ。結果がよくてよかった。何も協力隊活動がすべてでもないし、政府間の取り決めがすべてでもない。ただルールというものはあるからね」

肩の荷が少し軽くなった。これが絶対だというものはない。それがボランティア活動なのだと思った。駐在員と話してよかったと思った。

数日後、ルナスのシンディの家に沢田と志穂の姿があった。志穂がシンディと赤ん坊の経過をみている。傍らには沢田が立っている。

「しばらくは、安静にね」と志穂が優しくいう。

「…ありがとう。この子が生まれて、ホントに良かった…」とシンディの表情がゆるんだ。

志穂も微笑んでいる。シンディが、

「この子を抱いてあげて」と赤ちゃんを抱き上げた。志穂に渡しながら、赤ん坊に向かって言った。

「貴方を、この世界に連れて来てくれた人よ、シホ・カミール」

「?」

「貴方の名前をもらったの。貴方みたいに、人を救える優しい子になるように」とシンディが説明するようにいった。

志穂は胸が詰まった。そして日本語でささやくように語りかけた。

「…ようこそ、この世界に。シホ・カミール…」

志穂は、泣きそうな笑顔で、赤ん坊を優しく抱きしめた。沢田は、その様子を静かに写真に収めた。

別れ

雑貨店の前で、三人が椅子に座って、赤ちゃんの写真を見ている。アンジェラが、

「赤ちゃん、可愛いね」というと、ノエルが、

「僕も、こういう写真撮れるようになりたいな」

沢田が二人の言葉に、

「…なれるさ。なりたいって気持ちを捨てなきゃね」と答える。しかし、ノエルが寂しそうな表情で言った。

「…もうすぐ日本に帰るんだよね、イツキ」

「うん」

「行かないで、イツキ！　もっと、色々教えてよ！」

沢田は黙っている。アンジェラがたしなめるように言った。

「イツキには、イツキの日本での生活があるの」

すると、ノエルが思いついたようにいった。

「そうだ！　アンジェラと結婚すればいいじゃないか」

その言葉に、アンジェラは顔を赤らめ、

「ノエル。無理いわないの」

「だって…」ノエルはうつむいた。

沢田は何もいえない。

——志穂の言う通り、俺もこの姉弟の面倒を一生みられる訳じゃない——

そう思うと、何も言葉が出て来なかった。


フィリピン赴任からもうすぐ二年が経とうとしていた。沢田だけでなく、同期の隊員は皆、どこか浮き足だっていた。日本に帰る日が近づき、落ち着かない。

羽村だってそうだ。マヨヤオ農業事務所では、夜遅くまで羽村が報告書をまとめている。データや資料が散乱するデスクで、パソコンに向かっている羽村。そこに外からマニーがやってきた。

「カズヤ、ウチに夕飯食べに来ないか？」

羽村はパソコンをたたきながら、

「ありがとう。でも、協力隊に出す最終報告書、仕上げなきゃいけないいんだ」

「…ＯＫ。無理するなよ」といって去った。パソコンを打ち続けていた羽村が、ふと手を止めた。

家路につくマニーの背後から羽村の呼び止める声がした。

「マニー！」

マニーは振り返った。羽村が、息を切らして走って来た。

「……どうした？　カズヤ」

羽村は神妙な顔をしている。意を決したように言葉を発した。

「僕は、この二年間、村の人達と、深く分かり合えなかったのかもしれません。自分をさらけ出せなかったから…」

マニーは黙っている。

「マニー、僕は…あなたがいなければ、何も出来ませんでした」

「……」

「僕が失敗した時も、理不尽にあたってしまった時も、いつも僕の傍にいて、励まして、見守ってくれていました。あなたがいたから、僕は…」

マニーは黙って聞いている。羽村は言葉に詰まりながらも、日本語で、

「ありがとうございました！」と深々と頭を下げた。マニーは十分意味を解したようだった。

「……。お礼を言うのは、こっちの方だよ、カズヤ。この村に来てくれて、ありがとう」

「……」

「報告書、頑張れよ」とポンと羽村の肩を叩く。

「…夕ご飯、食べに行っていいかな…？」

「もちろん」と微笑んだ。

「下手だけど…日本の歌も歌うよ」

「…ああ。聴かせてくれよ。それが聴きたかったんだ」

二人は、寄り添って道を歩き始めた。街頭の明かりがスポットライトのように二人を照らし出していた。


バギオの観光省広報課フロアでは、沢田が自分のデスクを片づけていた。帰国が翌日に迫っていた。そこにノエルが入って来た。

「わざわざ来なくても、これからルナスへ挨拶に行こうと思ってたのに」

「でも…もう会えなかったら、嫌だと思って…」

沢田は荷物を置き、「何か冷たい物でも飲むか」と訊いた。

「うん」とうなずくノエル。

沢田は、外へ飲み物を買いに出た。ソファに残されたノエルの視線の先に、沢田のカメラケースがある。ケースを開けて、カメラを手に取ってみるノエル。ノエルは何かを考えている。

五分ほどで沢田がジュースを買って戻って来た。しかし部屋にノエルはいなかった。

「ノエル？　ノエル？」

トイレまで探したがいない。沢田が、ふとカメラケースを見ると、わずかに開いていた。

パシーン！　と大きな音がした。

雑貨店の前で、アンジェラがノエルの顔を平手打ちした。アンジェラは手に沢田のカメラを持っている。

「なんてことしたの！」

ノエルは答えられない。アンジェラは、泣きながら走り去る。

ノエルはがっくりと座り込んだ。

アンジェラは、沢田の事務所に向かおうと、ジプニーに乗った。一方、沢田はルナスに向かおうとしていた。アンジェラはジプニーを降り、走る。沢田も走ってジプニー乗り場に向かう。カメラを持って走って行くアンジェラ。沢田、手を挙げるがジプニーがなかなか止まってくれない。違う道に出よう。橋を渡ろうとした時、二人は橋の上で出会った。アンジェラは、息を切らせ、立ち止まる。沢田も同じように立ち止まる。

アンジェラ、沢田にカメラを返す。

「ごめんなさい」

「いいんだ。あんまり、ノエルを怒らないでくれ」

「…でも、人のものを盗むなんて」

「ノエルは、純粋に写真が好きになったんだ。だから、つい…」

「……」

「ノエルの夢を叶えさせてやってくれよ」

「…どうやって？」アンジェラの顔が曇った。

「え？」

「いつか、イツキは、自分とノエルは似てるって言ったわよね？」

「ああ」

「全然似てないわよ！　あなたの家も貧乏だって言ってたけど、写真を勉強したり、カメラを買ったりするお金はあったんでしょ！　ノエルと私は、今日食べる事で精一杯なのよ！　どこが似てるのよ！」

「……」

「夢があれば頑張れる？　それは、夢を持つことを許される人が言う言葉なのよ！」

「……」

「…あなたは何も分かってない。イツキと私達の住む世界は、全然違うのよ」

沢田は何も言えない。

「…さよなら、イツキ」

そう言い残してアンジェラは去って行った。

「……」

アンジェラは離れて行く。顔には涙が溢れている。沢田もショックで言葉がでない。何てことをしたのかと思った。自分は何と無神経なのだろうと。

「……」

沢田は決心し、アンジェラを追いかける。

「アンジェラ！」と大声で叫んだ。

アンジェラは、立ち止まった。

沢田は駆け寄り、アンジェラにカメラを押し付けるように渡した。アンジェラは驚いている。

「俺にはこれしか出来ない」

沢田は後ろを向いた。アンジェラは無言のままだった。沢田は、後ろを振り返らずに走り去った。

カメラを渡したからといって何の解決にもならないのは分かっていた。ただの自己満足だ。物や金で何かした気になろうなんて。自分は最後までサイテーな人間だと思った。

こうして沢田のフィリピンでの二年間は終わった。

第五章 帰国

世界一周の旅

テレビのニュースでは連日フィリピンの緊迫した様子が報じられていた。結局、大統領は米軍ヘリで亡命した。行き先はハワイ。夫人も同伴である。よほど慌てて脱出したらしく、二人の住んでいたマラカニアン宮殿からは、婦人の豪華な衣服や靴が大量に出てきた。靴など三百足以上もあったと、メディアは、二人がいかに国民を騙し、贅沢三昧の生活をしていたかを面白おかしく暴いていた。

そんなニュースを見ても、沢田は落ち込むばかりだった。あんなビッグチャンスに自分は何も写真を撮れず、ノコノコと日本に帰って来た。協力隊の成果はおろか、写真の実績も何も残すことはできなかった。

自分には、所詮才能も力もない、ただカッコつけていただけだと思った。生きる気力も失っていた。

帰国したものの部屋に閉じこもってばかりいた。挫折感でいっぱいだった。母の奈津子は、「何をやってるの。早く仕事を見つけて、次の目標を持たないとダメよ」と小言をいう。兄の洋介は結婚もし、子供も生まれたので、郊外に一戸建てを買う算段をしていた。それに比べてぶらぶらしている弟は我慢ならない存在のように思えるのか、「お前は沢田家の恥だ」となじった。そう言われると沢田は、余計にやる気を失った。何とか現状を打破したい。

あれこれ悩んだ挙句、旅に出ることにした。逃避だったかもしれない。お金は多少あった。協力隊が積み立ててくれていたからだ。

協力隊に応募する人の約二十パーセントは仕事を休職していくが、残り八十パーセントは仕事を辞めていく。その人たちは帰国後あらためて再就職をしなければならない。そのための失業保険代わりに、毎月積み立ててくれているのだ。それが二年分で約二百三十万円（当時）貯まっていた。

フィリピンに行ったことで何か見つけるどころか、疑問は広がるばかりだった。いったい自分は何をやるべきか。かえって分からなくなってしまったのである。沢田は本来まじめな気質があり、物事がはっきりしないと進めない。高校時代に勉強ができなかったのも、受験勉強を何のためにやらなければならないのか分からなくなったから勉強をしなくなった。反対に、分かれば突っ走る男ではあった。フィリピンに行ったことで世界の広さを痛感じ、自分の無知を思い知った。地球を一回りしたら何か見えるかも知れない。沢田はそう思った。一大決心だった。

成田空港を発ち、沢田はまずタイのバンコクに行った。フィリピンのマニラと似たような雰囲気だ。雑踏の猥雑さもそうだし、その割に人々がのんびりしていて、親切で懐かしい気がした。

夕方、繁華街のパッポンストリートの物売り屋台の列を見学していたら、喉が渇いてきた。ビールでも飲みたいと思っていたら、呼び込みの男に声をかけられた。

店の中は別世界だった。店の真ん中に小さなステージがあり、男女が怪しげに踊っていた。ポールダンスだった。周囲は階段状になっていて、テーブルと椅子が並んでいた。まだ早いのか、客はいなかった。座ると、ボーイがやってきて、注文を聞いた。ドラフトビールを頼んだ。すぐに冷えたビールが運ばれてきた。

ステージの男女は衣装を脱ぎ始めた。脱ぐのが早い。二人とも、下着だけになったと思ったら、それも脱いでしまった。音楽に合わせて、クネクネと体を揺らす。これでは、ビールがメインか、ダンスショーがメインか分からない。

案の定、支払いの時にトラブルが起きた。伝票を見ると、ビール一杯だけなのに四百バーツ（約千二百円）と書いてある。

やはりボッタクリだと思ったが、いつの間にか沢田の後ろに屈強な男三人が立ちはだかっていた。呼び込みの男に文句を言おうと思って探したがいない。客もいないから助けを求めるわけにもいかない。困ったことになった。沢田は焦ったが、とっさに聞いてみた。

「これ高いんじゃないの。半分にまけてよ」

レジの男は少し考えて、

「いいよ」といった。信じられなかった。まけてくれるのかよ。やっぱり、途上国だな。ボッタクリにもディスカウントがきくんだ。そう思ったら、何だかおかしくなった。表社会が発達しているほど、裏社会も発達しているのだと思った。


インドに入ると雰囲気は一変した。ノスタルジーに浸っていたら、すぐに騙される。カルカッタでは、二度騙された。一度は郵便局で。日本の友人に絵はがきを送ろうとして百ルピー（約二百五十円）を出した。切手代はせいぜい八ルピーだったと思うが、二ルピーしかおつりが返ってこなかった。

「おつりが足りないが？」というと、局員は、

「あなたは十ルピー札を出したから、おつりは二ルピーだよ」という。

「私は百ルピー札を出したが」というと、

「そんなことはない。あなたは十ルピー札を出しただけだ」と引き出しを開けてみせた。

そこには、十ルピー札、五十ルピー札、百ルピー札など、いろいろなお札が入っていた。

これでは確かめようがなかった。

そのときは、自分が勘違いして十ルピー札を出したのかもしれないと思って、自分で納得するしかなかった。しかし、それはインド人の常套手段なのだとわかったのは、バスに乗ったときも同じことが起こったからだ。バスの車掌に五十ルピー札を出したら、数ルピーしかおつりが返ってこなかった。五十ルピー札は、車掌のバッグに入ると、十ルピー札に変身するしかけなのだ。

これは噂にたがわず凄いところだと思った。

同じ安宿に泊まっていた一人の日本人旅行者のアドバイスが驚いた。「カルカッタでは、警察が一番危険だから、近寄らない方がいいよ」という。理由を聞くと、警察は職務質問しに寄ってくる。「鞄を見せろ」という。開けたら、金になりそうなものは全部没収され

るという。訴えようにも、相手が警察だから訴えられないのだという。沢田は、アドバイス通り、街でポリスに出会っても、目を合わせないように努めた。

そんなわけだから、カルカッタからニューデリーまでの三等列車の旅は、ずっと緊張していた。荷物を体から離さないようにしていたものだから、夜はうつらうつらするだけで、ほとんど眠れなかった。世の中には、常識の全く異なる国があることを知った。

イランに入ると、また世界が変わった。のんびりしている。長距離バスに乗った。砂漠の中にまっすぐな舗装道路が地平線まで続く。隣に座っていたイラン人の男性が「この道路は、戦争が始まると飛行機の発着に使えるようにまっすぐに作っているのだ」と説明してくれた。

なるほど、戦争というのは日常の中に隠れているのだ。舗装道路は乗り心地もよかったがそれもつかの間。プスンプスンとバスがスピードを緩め、ついには止まってしまった。エンストだ。

乗客は、女性と子供を残し全員降りた。そして、皆で押すことになった。沢田も手伝った。皆と一緒に力一杯押した。バスはゆっくりと前進し始めた。スピードが出てきたところで、ぶるんぶるんとエンジンが動くが、すぐに止まる。それを何度か繰り返すと、ついにエンジンが回り始めた。押していた全員から拍手がわいた。とりあえず、野宿から免れた。しかし、スピードが出ない。町には、夜の十時を過ぎて到着。宿に入って、乗客は全員絨毯の上に座り、一緒にイラン風のチャーハンにありついた。全員で苦難を乗り越えたようで連帯感が漂っていた。沢田がその夜ぐっすりと眠れたことはいうまでもない。人間の幸福感と開発とは必ずしも一致しないのだと思った。

ギリシャのアトス

トルコ経由でギリシャに入った。ギリシャでは北部のエーゲ海に突き出した半島にあるギリシャ正教の聖地アトスに入った。

アトスは、千年も昔から修道僧たちが住み、修行を重ねている。動物の雌さえ持ち込めない女人禁制地区で、半島に約二十もの修道院が点在している。

沢田は、アトスのことを協力隊の仲間から聞いて興味を抱いていた。当時の沢田は〝極限〟を好んだ。極限状況に陥らなければ、自分が見えてこない気がしていた。何が善で何が悪なのか、判断をしかねていた。暗闇の中にいるようなものだった。

闇の中では、自分の姿どころか、自分がどんな器（社会）に入っているのかも見えない。だが、壁にぶつかれば、感触で容れ物の形も自分の姿もわかってくる。そのためには、極限状態に身を置くことが最もふさわしいと考えていた。

アトスは、浮き世とは全く趣を異にした修行の世界だ。沢田は四日間で、半島を半周できるように計画を立てた。修道院から修道院を渡り歩く。それぞれの修道院で、食事のサービスを受ける。地図を見ながら歩く距離を計算した。ところが、計算通りにはいかなかった。

アトスに入って三日目。大きな修道院で昼食を済ませ、次の修道院に向かった。ところが道に迷った。悪いことに地図で見ると平面にしか見えない道が、上り坂である。高度が上がるにつれ、道ばたにはチラホラと雪が見えてくる。前方に雪で覆われたアトス山が見える。冬は日が沈むのが早い。三時を過ぎると、夕闇が迫ってくる。これでは、修道院にたどり着けない。車は走っていない。冬のせいか、人も通らない。腹が空いてきた。寒さと上り坂は、予想以上にエネルギーを消耗する。修道院の飯はまずくて、量も少なかった。特に今日の昼食は、この世のものとも思えぬほど臭い魚スープに固いパン、それにアリストテレスの時代から全く製法が進歩していないのではないかと思わせる塩っ辛いチーズ。

もてなしを受けているのだから贅沢をいってはいけない。わかっていても、不満をこぼしたくなった。沢田は、息を止めて、食べ物を流し込んだのだった。

――まずい昼飯でも、もっと食べておけばよかった――

お腹がすいて仕方がない。

道端にオレンジの皮が落ちていた。拾っては口に入れた。苦い。まずい。しかし、沢田は無理やり食べた。

峠を越した所で、沢田は力尽きた。へなへなと座り込んでしまった。雪のない所を選んで寝袋を広げ、沢田は潜り込んだ。もう、どうなってもいいという気持ちだった。空には薄紫の太陽の照り返しが見える。疲れ切った沢田は、そのまま寝入ってしまった。

ウオウォウォーン……

遠くで、山犬かオオカミらしき遠吠えが聞こえる。

ウッ、寒い！

沢田は、あまりの寒さで目が覚めた。空には、満天の星が見えた。親父が亡くなった日に見たオリオン星座が、あの時と同じように見える。今日で俺の人生もおしまいだ。

「親父、勘弁してくれよ。親父の文句ばっかり言ってたけど、俺はもっと最低だった。俺の人生、何もできなかったよ」

沢田は、夜空に向かってつぶやいた。夜空にノエルとアンジェラの顔が浮かんできた。

「二人とも、許してくれよ。二人には何も出来なかった。俺は勇気も自信もなくて、こんな無様な姿になって」

そういうと、輝いていた星が滲んでいった。

ワウォーン……と再び獣の声。

自分はここで山犬の餌食になるのだろうか。再び徒労感が押し寄せてきた。やがて、脳の中が真っ暗闇になっていった。


チチチチチッ……。

鳥の声で、目を開けた。空が明るい。

あっ、生きている。また生き延びたんだ。

助かった。そう思うと、体中からエネルギーが湧き上がってくる。立てる。歩ける。眠ったので、少しは体が回復したようだ。

沢田は陽光の中を歩き、二時間後ようやく修道院に到着した。僧たちは、朝の訪問者を見て驚いた。

「どこから来たんだ」

「どこに泊まったんだ」

ギリシャ語は通じないが、そんなことを尋ねたに違いない。沢田は、後ろにそびえる白い山を差して答えた。

「マウント・アトス。スレプト、ゼアー（アトス山で寝た）」

修道僧たちは、ますます驚き、大急ぎで卵焼きの朝食を作ってくれた。沢田は、それを食べ終えると、ベッドに倒れ込んだ。

沢田は自分の限界を知った。

泥棒との遭遇

ギリシャのアテネ経由でフランスのパリに飛んだ。パリは全く面白くは感じなかった。街はきれいだが、物価が高いばかりで、極限状況はどこにもなかった。富の余裕ばかりが目についた。

つまらない所にきてしまったと思った。ホームシックにかかっているようでもあった。その心の隙間につけこまれる事件が起こった。

沢田は、セーヌ川のほとりで、手提げ鞄を枕に寝転んでいた。ため息ばかりが出る。その時、英語で話しかけてくる者がいた。

白髪頭の男が立っていた。フランス人で、名はミシェルだと自己紹介した。沢田は二日ぶりに聞いた英語にホッとし、ミシェルと話し始めた。しばらく会話していると、二人はうち解けてきた。彼は、

「私の家に来ないか。ご馳走してやるよ。宿代だって使わなくてすむだろう」と持ちかけてきた。寂しさの中にあった沢田は、彼の申し出に素直に応じた。親切が嬉しかった。

ミシェルの自宅は繁華街の一角にあるアパートだった。八畳一間の隣にクローゼットを備えた小部屋がついたこぢんまりとしたもので、中はよく片付いていた。

ミシェルは、同じアパートに住む兄だと称する男を電話で呼んだ。ワインが開けられ、テーブルの上には幾種類ものチーズが並べられた。さすがにフランスである。チーズもワインも旨い。そのうち沢田は、フラフラといい気持ちになってきた。本場のワインにチー

ズ、フランスの生のテレビ。それらは沢田を酔わせるに十分であった。いつの間にか、沢田は寝入ってしまった。

朝、目覚めた時、沢田はバッグの中のＵＳドル札がないことに気づいた。隣に寝ていたミシェルをたたき起こした。

「盗ったな。俺の金を盗んだな」

「いや、私じゃない。私がやったんじゃない」

ミシェルは身を引き、うろたえた。

「おい、返せよ、千ドル（約十二万円）。大金だぞ、おまえの兄さんを連れてこいよ。あの金がないと日本に帰れないんだ。ようし、警察に行く。ついてこい」

ミシェルは、沢田の勢いに押されて警察に行くことに同意した。

警察署に到着したが、英語を解せる警官がいない。やむなく、ミシェルに通訳してもらうことになる。金を盗んだヤツに通訳してもらうなんて、滑稽もいいところだ。ミシェルがちゃんと通訳しているかどうか、どうやってチェックするのだ。しかし、他に手段はなかった。

警察は一応記録した。一通りの経過を話し終わった後、沢田はミシェルの方を指さし、警官に英語でゆっくりといった。

「This man stole my money. Understand?（この男が俺の金を盗んだんだ。わかったか）」

警官もミシェルも両手を広げ、肩をすぼめた。

お手上げなのは、こっちだ。

「バカ！」

沢田は日本語で捨て台詞を吐き、警察署を出た。

沢田は行く当てがなかった。とりあえずリュックを駅のコインロッカーに預け、今後のことを考えることにした。当然、ヨーロッパを見て回るという計画は立ち消えた。千ドルのキャッシュを盗まれたというものの、沢田の手元には、トラベラーズチェックで、二千ドルの金は残っていた。財布の中にも少々のキャッシュがあった。これで何とか最初の計画通り世界一周の旅をしよう。

旅行者から重要な情報を入手した。ロンドンまで行けば、安いチケットがたくさんあるというのだ。航空券というのは、飛行機の発着頻度の高い都市、ロンドン、バンコク、ニューヨークで最も価格が下がるという。沢田は、ドーバー海峡をフェリーで渡り、ロンドンまで行くことにした。

その夜、沢田はディスコで一人踊りまくった。フィリピンのことが恋しかった。フィリピンでもディスコにときどき行っていた。酒場に行けば、フィリピーナたちが寄ってきた。金目当てとはいえ、若い自分にとっては天国のような夜の世界だった。

今はパリの空の下で、ただ一人だ。流れる音楽は知らない曲ばかり。周囲も知らない白人ばかり。だれ一人自分の存在に気にもとめない。何もなしえなかったが、思い出の地フィリピン。あの日々はもう戻らない。日本にはたどり着けるのだろうか。沢田は、何かをふっきるように踊り狂った。

旅の終わり

ロンドンで格安チケットを入手し、ニューヨークに渡った。ニューヨークからロサンゼルスまではグレイハウンドバスを使って陸路で横断することにした。二週間周遊券で乗り放題だったので安い。昼間は観光をし、夜にバスの中で寝ながら移動した。

ニューヨークからカナダ国境のナイアガラの滝を見て、シカゴに寄った。そこから南下してニューオーリンズに入った。アメリカは広い。土地が余っているじゃないかと思った。ニューオーリンズでは、一晩一ドルのホテルに泊まった。寝袋を持参し、ベランダで他の旅行者と並んで寝るから安いのだ。周囲はヒッピーのような連中ばかりで、マリファナの臭いが充満していた。

ニューオーリンズからグランドキャニオンに向かった。ナイアガラの滝でも感じたことなのだが、アメリカの風景はまるで風呂屋のペンキ絵だ。確かに威風堂々としているが、どこか出来すぎていた。観光地化していてリアリティーに乏しい。

フィリピンのマヨヤオの棚田やバギオの方が、生活感、現実感があった。米国のそれは単に見世物でしかない。もっとも、沢田は、バスツアーで一緒になった日本人の若者のグループとはしゃいでいたので、景色は二の次だった。久しぶりに日本語でしゃべることが楽しかった。その中の一人、料理学校の先生をしているという圭子とロサンゼルスまで夜行バスで同行することになった。偶然の道連れだったが、若い女性との旅は、少し気分をハイにした。二人は隣同士の席で、寝るのも忘れて語り明かした。圭子とは、ハワイでの再会を誓い別れた。

ロスで、ハワイ経由東京まで約七万円の切符を買った。これで世界一周の旅は貫徹できる見通しとなった。

沢田は圭子とワイキキの浜辺で再会した。夕食の後、二人でクラブに入ろうとしたが、入場を断られた。沢田がジーンズの短パンにサンダル姿だったからだ。ハワイのクラブは正装でなければ入れてくれないという。沢田は、この暑いリゾート地で、サンダルが許されないことに腹をたてた。クラブという〝遊び場〟に、短パンが許されないことを怒った。落ちこぼれである自分の最後の居場所を占拠された気がした。さらに、店員の、東洋人を見下すような差別的まなざしが沢田に刺さった。沢田は酔っていた。その勢いもあって、

「どうしても入れろ」

とくってかかった。圭子は、

「やめなさいよ」と止めた。「着替えてこようよ」とたしなめる。沢田は断じてそうしたくなかった。

――気取るんじゃない。ハワイは金持ちと新婚カップルだけの島か。貧乏人をバカにするな。アジア人をバカにするな――。

ハワイに来てから感じていた鬱憤が一気に吹き出してきた。

二人は仕方なく浜辺に出た。打ち寄せる波頭がライトに照らされ、白く光っていた。沢

田の怒りはくすぶったままであった。圭子の心も荒れていた。

圭子は砂を握っては、波に向かって何度も投げた。砂は、行き場を失い、空に消えた。沢田は、圭子の気持ちを察した。だが、それを受けとめる言葉を持たなかった。こうして、発芽したばかりの恋も、長い旅も終わった。

地球のイメージ

地球を一周し、沢田には感じたことがあった。それは当たり前のことなのだが、地球は全部関係しながらつながっているのだということ。

特にそれを感じたのはインドからヨーロッパにつながるシルクロードだ。その間で、文化が微妙に変化する。国が変われば食べ物も音楽も変化するが、確実に隣の国の影響を受けているのが分かる。例えばパン。インドではナンと呼ばれるが、トルコに行くとピタになり、イースト菌が入っていないので中が空洞だ。インドではナンの形は二等辺三角形だが、パキスタンに入れば円形となり、微妙に味も違ってくる。イランでは生でタマネギもにんじんも食べるようになる。確かにインドやパキスタンの野菜に比べて味がいい気がする。パキスタンには、日本の粟おこしのようなせんべいがある。イラクでは日本と同じように魚を炭火で焼いて食べる。そんな時、世界はつながっていると感じてしまう。

お茶も、パキスタンでは「チャイ」だが、ヨーロッパに近づくと呼び名が「シャイ」に変化する。日本では「チャ」だ。では、同じお茶を意味する「ティー」はどういう変化だろうかと調べてみると、中国福建省などでお茶を意味する「テ」がスリランカでは「ティー」だから、海で英国まで運ばれたルートでは「テ」が「ティー」になまったのだと推測できる。

音楽もインドからヨーロッパに近づくと微妙に変わっていく。中東の音楽はかなりインドに近いが、トルコやギリシャになると、西洋音楽に近い。西洋の楽器オーボエは、中東では同じようなリード楽器がラッパとして存在するが、それが日本までくると、屋台ラーメンを売るチャルメラに変化している。

どうしてインド音楽と中東音楽、ひいてはスペインのフラメンコが同じ哀愁を秘めているのか気になったが、調べてみると、ロマ（ジプシー）の影響のようだった。ロマはもともとインドのマハラジャ（王様）に仕える音楽師の集団だったが、王様の政権が崩壊したとき、閉め出され放浪するしかなかった。音楽で金を稼ぎながら西へ西へと移動していった。ついにヨーロッパにたどり着いたが、土地を持てない流浪の民として生活しており、差別され嫌われる存在だった。

そして流れ流れてスペインにまでたどり着いた。スペインのフラメンコがくるくる回るのは、中東やインドのベリーダンス、トルコのダンスが回転するのと同じ流れだからだという。また、フラメンコが情熱的で切ないメロディーを奏でるのは、生きる苦難がベースにあるからだ。人間は苦悩すればするほど美しい表現を生み出す。芸術家は恨みを美に転化することができる。それが才能であり、芸術の一つのあり様なのだと沢田は思った。

沢田は地球を一周し、地球や人類のイメージをつかんだ気がした。これならすっきりした気分で生きていけるかもしれない。そう思って沢田は帰国した。半年近い月日が流れていた。

沢田は、仕事を見つけようと、出版社や新聞社やプロダクションを回ったが、どこも沢田のような風来坊を入れてくれる所はなかった。ある会社では社長面接までいったが、社長に「お前はただのヒッピーではないか。そんなヤツは我が社に入れるわけにはいかない」と結局落とされた。

フリーランスとしての再出発

沢田は、就職が難しそうなので、フリーランスとして頼まれるまま写真の仕事をするようになった。結婚式の記念写真を撮る仕事からスーパーのチラシや風俗店の広告など、最初は何でもやった。フリーでの仕事はつらかった。たまにギャラを取りっぱぐれることもあった。

ある時、知り合いのメーキャップの女性から、モデル事務所の仕事を頼まれた。所属モデル五人のプロフィール写真を撮る仕事だった。貸しスタジオを借り、一日がかりで撮った。しかし、できあがりの写真を見せると、

「へたねえ。首の下に影が出ているじゃないの。こんなの使えない」と言って、ギャラを払ってもらえなかった。

またある時、新聞の広告で「カメラマン募集」とあったので行ってみると、できたばかりの小さなプロダクションだった。従業員は中年の男二人だけ。そのうちの一人が社長で、元映画プロデューサーだといって、「あのドラマは俺が撮ったんだ。月九のドラマは視聴

率がよかった」など自慢話ばかりしていた。

さっそく撮って欲しいといって、その日に地方のテレビ局の広告写真を撮らされた。「また、仕事があれば連絡するから。当面は一本一本で仕事をしよう。会社が軌道にのれば社員にするから」といわれて、その日は帰った。

後日、口座にギャラが振り込まれていないので電話をしたが、「現在使われておりません」という録音が流れているだけだった。二度と連絡はとれなかった。

しかし徐々に人脈もできてきて、何とか食べていけるようになると、しだいに雑誌の仕事が多くなってきた。

フリーで仕事をするとなると、沢田の場合、自然に海外の取材が多くなった。というよりも、沢田も気づかないうちに海外での処し方が上手くなっていた。

あいかわらず英語がそんなに得意なわけではなかったが、普通の日本人以上には十分動けた。新聞社にいる先輩隊員に聞いても、新聞社の記者で英語ができる人は二十人に一人もいないようだった。そんな環境なのだから、英語圏のフィリピンで二年間過ごしたというのは強みだし、売りにはなった。

海外で取材するには特別なノウハウが必要だった。あるとき、沢田は雑誌「週刊東京」

の依頼でアフガニスタンに取材に行った。「長引く米軍とタリバンの戦い」というテーマだったが、一ヶ月以上の長期に渡る取材となった。

周囲の日本人ジャーナリストたちは、一週間もするとたいてい腹を壊し、下痢をした。理由は油だった。アフガンでは食事を作るとき、動物性の油を使用するので日本人にはどうしても重いのでお腹がもたなくなるのだ。ただでさえ、毎日ナンとシシカバブか鶏肉のソテーばかりでうんざりしているところに重い油だ。たいてい参ってしまう。

ところが、沢田は、そんなとき、厨房に入って、卵を見つけると、「オムレツではなくボイルドエッグ（ゆで玉子）にしてくれ」と頼むし、ジャガイモがあれば、「フライドではなく、ボイルドポテトに」と作り方を指導したりするのだ。そんなゆで玉子や茹でたイモに日本から持参した醤油をかけて食べれば、たちまち日本食に早変わりする。

そもそも沢田は、初めての土地だと、レストランではまず厨房に入る。そして材料が新鮮かどうか確かめ、新鮮な材料を指定し、これで料理しろと指示する。先進国のレストランでそんなことをしたら怒られるのだろうが、途上国ではたいていルーズだから大丈夫なのだ。そのだらしなさが途上国の良さなのである。

それでも、沢田は初めてのレストランでは料理を全部は食べない。半分だけ食べて、その日は様子を見る。それでお腹を壊さなければ、翌日からは全部をたいらげるのだ。それぐらい用心深い。

ある日、アフガンの首都カブールの市場に行ったとき、沢田は魚の行商を見つけた。山岳地帯のアフガンで魚を売ってようとは思ってもみなかった。聞けば、川で捕ったものだという。

「いつ捕ったのだ？」と訊くと、

「今朝捕ったばかりだ」と答える。魚を見ると、三十センチほどあり十分に大きい。魚の目も濁ってはいないし、えらも赤味が強いので新鮮そうだ。

「よし、買った」と二匹手に入れた。もう一匹は通訳に食べさせようと思うからだ。

ホテルに帰り、厨房で料理してもらうように通訳に指示した。

レストランのシェフは「嫌だ」と断ってきた。理由は、魚は臭いから料理したくないということだった。

「じゃあ、どこでもいいから料理してもらってこい。調理代は払うから」と通訳に告げた。三十分もすると通訳が戻ってきた。油であげたようで、包んだ紙が油で滲んでいる。

「よし、レストランで皿だけ借り、ランチを食べよう」と通訳に命じた。油であげた調理は気に入らなかったが、アフガンではそれしか調理方法はないのだろうと思った。でも、肉よりはましだ。日本人にとって魚はありがたい。

沢田と通訳は、ライスだけレストランに注文し、並んで食べた。通訳氏も満足そうだった。

ところが、二日後、ホテルのレストランのメニューを見ると、魚フライがメニューに載っていた。

「どうしたのか?」と通訳に尋ねると、通訳は給仕から魚料理が加わった理由を聞いた。実は、沢田と通訳が食べている様子をシェフが厨房からうかがっていたそうだ。あまり二人が美味そうに食べるのと、他の客から「あれが欲しい」と要望があったのだという。それから数日して、メニューにゆで玉子とボイルドポテトも加わった。

また、沢田は海外に出れば時々特ダネ写真を撮ってくる。その理由も協力隊経験と関係があった。日本のジャーナリストが海外取材に出ると、まず英語を話す現地の通訳を雇う。現地語が解せないと動きがとれないし、情報が入ってこないからだ。言い方を変えれば、英語さえできれば、世界中どこに行っても困らないということだ。

日本のジャーナリストは通訳を一日平均百ドル(約一万二千円)で雇う。それぐらいだったら、普通に経費として請求できるからだ。ところが、沢田の場合、たいていディスカウントさせる。フィリピンで値段を値切るのは普通だし、日常だから沢田にとっては苦でも何でもない。だから一日五十ドルで雇ったりする。相手が文句を言えば、「じゃあ、いいよ。他の人に頼むから」と言えばいいだけの話なのだ。たいていの途上国では五〇ドルといえば大金で、一週間分の収入だったりする。そんな儲かる仕事を断わるわけはないのである。

そうやって沢田は通訳料を値切り、多いときには百ドルで三人の通訳を雇ったこともある。一人は常時沢田と一緒にいる通訳で一日五十ドル。一人は、記者会見専門の通訳で一日三十ドル。記者会見はたいてい英語でやるので、沢田はついていけない。だから、会見専門の通訳に録音させておいて、会見後その通訳が英語でテープ起こしをするのである。同じ英語でも書き文字であれば内容は把握できるからだ。では、もう一人の通訳は何をするか。泳がせておくのである。一日二十ドルで現地の人にしか伝わってこないような情報を集めさせる。その中に本当の特ダネがあれば、プラスアルファを払うのである。こうすると、沢田のところには通常の三倍の情報が入ってくることになる。

そんなやり方をするものだから、しだいに沢田は重宝されるようになった。認められるようになったからといって、報道カメラマンのギャラは安かったし、「戦場カメラマン」のキャラでテレビタレントになるほど器用でもなかった。

沢田のジャーナリストとしての特質は、その手法だけではなかった。偏見をもたずに現地の人を見ることができるのだ。

たいていの日本人は、人食い人種だという噂があれば相手は残忍な人間だと思うし、虐殺があれば凶暴だと判断して近づかない。しかし、沢田は、世の中には残虐な人間とそうでない人間がいるわけではない。人間は状況によって残虐にも善人にもなれると思っている。

人食い人種は人を食べるから残忍なのではない。食べるためには、それ相応の理由がある。例えば、亡くなった人が頭のいい人だったり、走りの速い人だったりすると、それにあやかりたいと思って亡骸を口にする。親しい肉親だったら、一体化したいから食べたりする。残酷どころか、それは優しさの表れなのである。

虐殺が起こるのも、集団心理や洗脳が起こすことで、普通の人が普通の状況下にあったら残忍なことはしないものである。

月刊「デイズフォト」の取材で、ルワンダの難民キャンプに入ったときも沢田は、キャンプで売っていた焼き鳥をぱくついていて、他のジャーナリストから白い目で見られた。難民キャンプも時間が経つと、難民の中でも金を持っている連中が、それぞれにキャンプ内で商売を始めるのである。酒を造って売る者や、かすめた援助物資を売り出す者まで出てくる。その中で、獲物をどこかで仕留めて、焼いて飲み屋を始める人もいるのだ。

他のジャーナリストは「難民キャンプは不潔だ」という先入観がある。ところが、偏見がないと、肉が新鮮であることが分かるし、焼いてしまえば大抵の病原菌はなくなるのを知っている沢田は、平気で食すことができるのだ。

こうしたサバイバル能力、英語力、値切る能力、交渉力、偏見を持たない能力などは、すべて協力隊で身についた能力である。それは、沢田自身も気がついていなかった。日本にいると見えないが、実際に海外に出てみれば、それが歴然と分かった。

第六章 吉里吉里

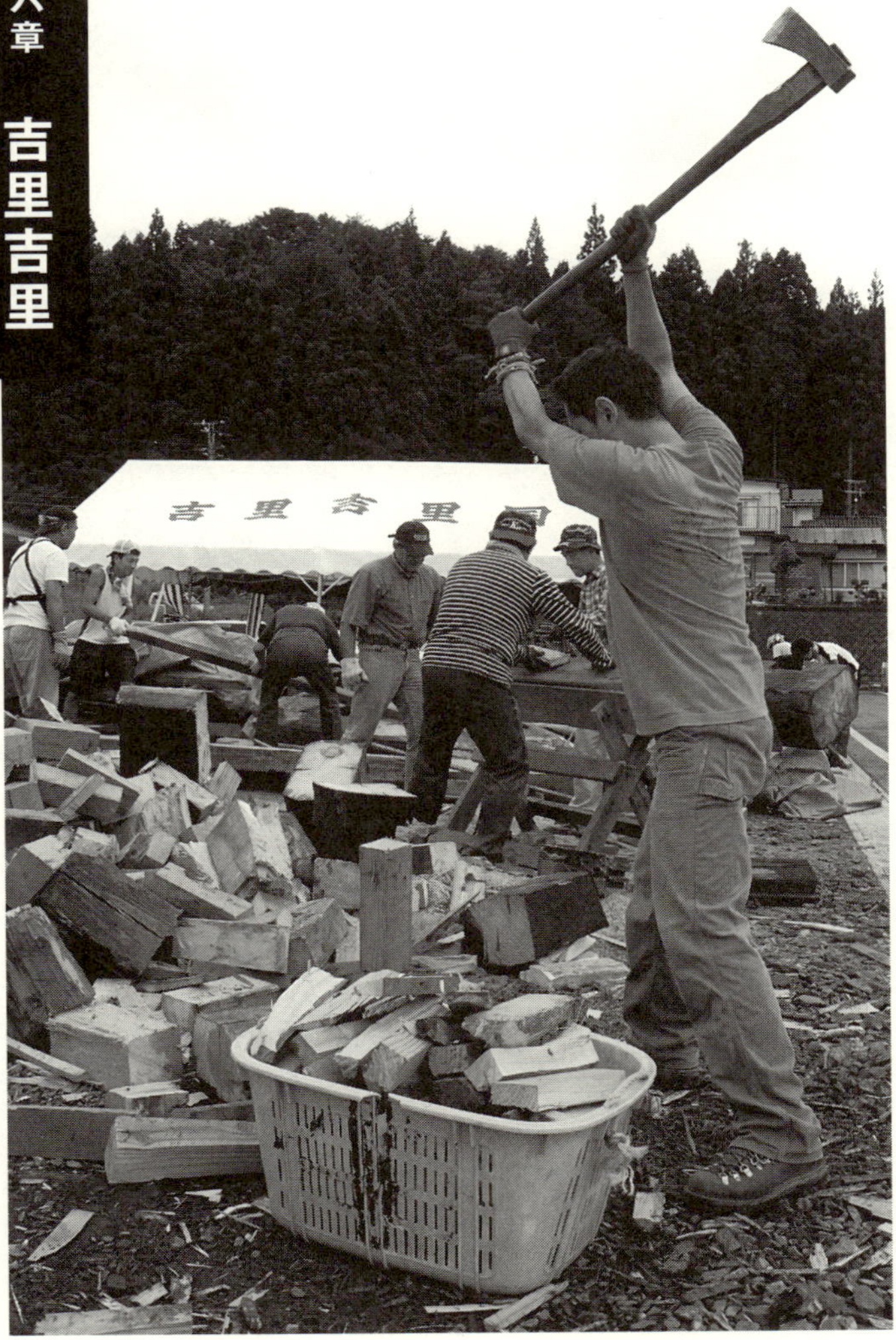

二〇一四年、岩手県。沢田の運転する車が舗装道路を走っていた。沢田と志穂が乗っている。志穂が前方の車窓を見ていった。

「やっと羽村君の町に着いたかな?」

沢田は黙って運転している。「岩手県大槌町」の標識が見えた。


ＮＰＯ法人「吉里吉里国」の看板がかかっている。

事務所内で仕事をする羽村の姿が見えた。デスク周りにはフィリピンの写真がたくさん張ってある。マニーから来た絵はがきもある。羽村は車が停車する音を聞いた。今日はもう作業は終わっている。今頃、誰だろうと気になった。

車から降り立った沢田と志穂。志穂は思わず、

「うわ～、空気がキレイ! ここに、羽村君いるんだよね」

沢田は無言だ。その時、事務所のドアが開き、中から羽村が出てきた。羽村は驚いたように二人に向かって、

「よォ! 久しぶり!」と手をあげた。

「久しぶり、羽村君。全然変わってないじゃん」と志穂。羽村も、同じように笑顔を見せ

た。ふと沢田を見て、

「…お久しぶりです」と丁寧に頭を下げた。

「…おう…」と沢田もどこか堅苦しい。志穂は、

「ブログで読んだけど、震災直後に、瓦礫を薪にして売って、復興資金にしたんだってね」

羽村は積んである薪を指し、

「ああ、これ、『復活の薪』ってネーミングしてね。今年も販売して、マスコミも取り上げてくれたから、全国で買ってもらえて、有難かった」

「なんか、羽村君、今でも協力隊みたい」志穂が笑うと、

「出来る事をやってるだけだよ」と羽村も照れた笑いを浮かべた。沢田は、どこか居心地が悪い。

吉里吉里の海は碧い。空も青い。海岸線からゆっくりとしたスロープになっていて、山に近い地域には民家が並んでいる。震災前は、海岸線から山にいたるまでびっしりと家があったようだが、その半分は津波で流されてしまっていた。今は、そこに大きな堤防が建設中であった。

ブログで「吉里吉里の海は今日も穏やかです」といった羽村の海が目の前にあった。

羽村は、協力隊を終えて帰国後、保育士の光子と結婚した。二人は訓練所時代に知り合った。訓練所の近くにあった保育所で働いていた光子は、日曜日の午後、隊員候補生たちとよく合コンしていた。その時に二人は知り合い、羽村がフィリピンに行っている間もずっと手紙やメールのやりとりをしていた。

結婚後、田舎暮らしにあこがれていた羽村は自分の故郷の横浜ではなく、光子の故郷である吉里吉里に居を構えた。そこで林業に従事しながら暮らしていた。羽村は、今でこそNPO法人の代表という、リーダー的役割をしているが、最初はそんな存在ではなかった。来た当初は、「旅の人」「横浜の人」「光子先生の旦那さん」と呼ばれていたが、十年も住んでやっと本名である「和也さん」と呼ばれるようになった。

羽村は、地震が起きた時、たまたま自宅の二階で光子と一緒にテレビを見ていた。寒い日だったからストーブもつけていた。大きな揺れだったので、二人ともテーブルの下に潜って揺れが収まるのを待った。揺れが落ち着いた時に、光子は身一つで自分が勤務する保育園に飛んでいった。保育園は羽村の自宅よりずっと低いところにあったから心配だったのだ。

羽村はまずストーブを消し、プロパンガスの栓を閉め、ブレーカーを落とした。それから重要書類を探し出し、避難所の小学校に向かった。

小学校の校庭で光子と園児たちの無事を確認した。しかしホッとする間もなく「おい、津波だ」「津波だぞー」と周囲が騒ぎ始めた。

羽村は、高台にあるその小学校の校庭から町が、そして自分の家が津波に流される一部始終を見ることになった。

ＮＰＯ法人「吉里吉里国」の事務所前には間伐材を切った木材がいくつも積み上げられている。その横で志穂がスマホで、夫と話していた。

「だから、みりんは、棚の二段目の一番奥だって。裕樹は、ちゃんとお風呂入れてくれた？……私がいないと何も出来ない訳？　前も言ったじゃないの。パンツは、引き出しの一番上の…」とテキパキと指示する。

木材が積み上げられている一角で、沢田と羽村がお茶を飲んでいた。碧い海を見ながら沢田が口火をきった。

「……十年ぶりかな…」

「……正確にいえば、十一年ぶりです」

「…フィリピンのドジョウの養殖、今、どうなってんだ?」

「皆、頑張ってますよ。でも、問題が山積みみたいで。予算とか、施設のメンテナンスとか」

「…そうか」

「僕は、沢田さんが、ずっと羨ましかった」と突然羽村が変なことを言い出した。

「え?」と沢田も反応した。電話を終えて沢田の所に戻ろうとした志穂が立ち止まり、二人の会話を聞き始めた。

羽村は正直に気持ちを吐露し始めた。

「体当たりで現地の人達に溶け込んじゃうキャラが、羨ましかった。今でも、村人からの手紙に、沢田さんの事が書いてあるんです。俺たちと一緒にダンスを踊ったイツキは、どうしてるかってね。僕は二年半もいたのに、たった一日来て、宴会に出た沢田さんの方が、インパクトあるなんて…。正直、ちょっと嫉妬しましたよ」と苦笑した。

「……」

「僕は、沢田さんの言う通り、村人達と同じ目線にはなれなかった。だから、今は、カッコつけたり、理屈で考えるのをやめて、沢田さんみたいに感じた事をやろうと思って、やってます」

「…お前はスゲーよ。きちんと協力隊の経験を、今に生かしてる。でも…俺の協力隊は無駄だったんだ…」

「無駄だった訳がないでしょ。沢田さんは、目に見える事は残せなかったかもしれない。でも、人と人が出会って、同じ時間を共有したら、何も残ってない訳がない。沢田さんの見えない所で、誰かに何か足跡を残していると思う。僕に足跡を残したみたいにね」

　羽村は穏やかな顔でお茶を飲んでいる。十一年の時が羽村のかたくなな心を和らげたのだろうか。羽村の吐露は、沢田の心も素直にさせた。

「ここに来て、お前には敵わないなって、はっきり分かった」

「……」

「…そう思えただけで、ここに来て、お前に会えて良かったよ」

　そういって、沢田は羽村にゆっくりと手を差し出した。羽村も手をゆっくり伸ばし、沢田の手を掴んだ。

　二人の心が溶け合った瞬間だった。

その安心感から、沢田はずっと気になっていたことを羽村に訊いた。それは、どうして震災後に「何も要らない」という心境になったのかという疑問だった。

「欲しい物があれば、救援物資として翌日には届けてもらえる。金は本当は喉から手が出るほど欲しい。でも、こんなことというとちょっと照れるけど、お金っていうのは、額に汗かいて自分で稼ぐもんだという信念のようなものがあるんでしょうね。不思議だけど。長い歳月がかかろうとも、自分で汗水たらして稼いで、自分でお金はつかみたい。それをやる自信はあるから。気持ちだけは百パーセントあるから」

「その信念は、どこから来たの」

「モノとかお金は自分で働いて稼ぐもの。実は、そう両親に教えられました」という。

沢田は、謎が一つ解けた気がした。羽村と自分の心の差は、育った環境の違いでもあるのだと思った。

二人は再び固く握手をした。それを見ていた志穂が微笑んだ。

取材を終え、翌日、沢田たちは帰路についた。

「日が暮れる前には帰れそうだね」

志穂はさすがに家族が恋しくなったのか、声が弾んでいる。

「…訓練所の所長だった境さん、覚えてる？」

「うん。覚えてる。変わった所長だったよね。あれから、所長は事務局長に昇進したけど、もうＪＩＣＡを退職されたんでしょ」

「そうだよ。俺に会いたいんだって」

「何で境所長が、沢田君に？」

「田中駐在員が教えてくれたんだ。境さんが沢田に会いたがっているって。境さんにも田中さんにも心配かけたからなあ。境さんはどうもガンらしいよ。今郡山に住んでるって」

「えっ、ガン…じゃ、このまま会いに行こうよ」

車内の空気が一気に重くなった。


境の家は静かな住宅街にあった。

境は、沢田が来るとの連絡を受け、沢田の報告書をベッドの上で読み始めた。「平成十四年一次隊の報告書　沢田樹」

沢田の報告書は一風変わっていた。

「自分はボランティア精神を捨てることでフィリピンに入っていった。ボランティア精神は、フィリピンにとって異文化だ」。そう書いてあった。

読んでいる時、境は咳込んだ。すると和服姿の妻久子が来て、背中をさすった。境は、「この沢田ってやつは面白いやつでね」というと、久子は、

「あなたったら、またその話」と笑った。

その時、呼び鈴が鳴った。沢田と志穂だった。

二人は、久子夫人に迎えられた。

居間に入ると、それまでベッドで横になっていた境が起き上がろうとする。沢田は急いで挨拶をした。境は体が思うように動かず苦しそうだったが、時々見せる笑顔が歓迎していることを表していた。

沢田、志穂の前で、布団から体を起こしながら境は話し始めた。

「君は、面白かったからな」

「俺の何が…ですか?」と沢田。

「俺ン所に、クビにするななんて言いに来たバカは、君だけだったからな」

「そんな事言ってたの?」と志穂はあきれ顔をしながら、久子に誘われ、台所に消えた。

境と沢田は向かい合った。沢田は深刻な顔をして、

「でも、俺は協力隊で、何も出来ませんでした。俺は、無駄に二年間を過ごしてしまいました。本当のことをお聞きしたいのですが、どうして自分のような落第生に派遣許可してくださったのですか」

「勘だ」

「勘？」沢田は驚いた。

「実はずいぶん悩んだ。君があまりに尖っていたものだから、何か問題を起こすのではないかと他の教官たちも心配していてね」と告白した。

「そんな風に見られてましたか」と沢田は、苦笑した。当時の沢田は突っ張っていたから、そう見えたかもしれないとも思った。

「ところであの宿題の答え、そろそろ聞かせてもらおうか」

「宿題？……というと」

「忘れたか。職人気質だよ。君は訓練所時代、そんなものは日本の誇りではないと言った」

沢田は、所長が自分との約束を覚えていることに驚いた。

「所長のおっしゃる通りでした。職人気質は日本の誇りだと思います。でも、自分は職人にも日本人にもなりきれませんでした。自分はただの自分でしかありません」

境は、腕を組んでじっと聞いている。沢田は続けた。

「どの民族も同じ営みをしています。飯を食べ、寝て、セックスをして、違いがあるとすればたった十パーセントです。でもその十パーセントが文化の違いなのだと思いました」

すると境が口を開いた。

「人は誰でも異民族に触れるとき、初めは人類皆同じだと思っているが、やがてその十パーセントの違いをまざまざと見せつけられ、やがてそれが憎しみに変わるときがある。そんなとき、異民族を排除したくなる」

「……」

「十パーセントは異文化だとしても、やっぱり人類は皆同じだという心境に戻るんだ。ほら、あれと同じだ。チルチルとミチルが最後、『幸せの青い鳥』は、実は自分の家にいたのだと気づくのと」

「幸せの青い鳥?」

「だがチルチルとミチルは、出発する前とあとでは明らかに違っている。何だかわかるか」

「……？」

「幸せを意識できるかどうかということだ」

「幸せを……」

「人類皆、ほとんど同じだと意識できれば、自然と途上国の人への態度も変わる。ヘレン・ケラーがいい例だ。サリバン先生は、甘やかされて育ったヘレンに、人として当たり前に指導する。同情でもボランティアでもない、ボランティア精神のもっと向こうにある、人と人との魂のぶつかり合い、それこそが協力隊の神髄だ」

その時、久子と志穂が料理を持って入ってきた。久子は、

「主人は沢田さんの撮った写真をとっても真剣に見ているのよ。ほら、アフガンやイラクやアフリカの記事」

「いちいち言わんでもいい」と境は止めた。

「恐縮です」と沢田は頭を下げた。

志穂が口をはさんだ。

「私たちがフィリピンにいた時、境さんは協力隊の事務局長だったと思うのですが、クーデターが起きても帰国命令を出さなかったのは何故ですか」

それは、沢田もずっと疑問に思っていた。

戦争やクーデターなど、少しでも危険が迫ったら、すぐに帰国命令を出すのがＪＩＣＡの慣例だった。

ところが、境が局長のときだけは、例外だった。だから、当時のフィリピン隊員は、沢田も志穂も含め、誰も帰国しなかった。境は、背筋を伸ばして答えた。

「国が転覆するという滅多にないチャンスだ。平和ボケした日本の若者にとって、それを目撃することは大変な勉強になる」

「しかし、万が一隊員に犠牲者が出たら、事業はつぶれるのではないですか」と沢田。

「そうかもしれない。だが、もし君たちが本当に現地に溶け込んでいたら、現地の人たちはきっと君たちを守ってくれるだろう。帰国するか残るかは君たち次第。それが本当の自由というものだ。もっとも、今の時代ならただちに帰国命令を出すだろうけどな」と大笑いした。沢田は、大まじめに答えた。

「その後、どんなに激しい戦場でも生きて帰ってこられたのは、あのフィリピンでの体験があったからです」

境は、手を差し出し、「楽しかったな」と笑った。そして、二人に、

「そりゃそうと、酒買って来てくれないかな？」

「ええ？　いいんですか？　お酒なんか飲んで」と志穂。

「いい訳ないだろ」と声を潜め、

「ここだけの話だけどな、俺も規則なんか大っ嫌いなんだ」と境は笑った。

それが、元名物訓練所長と沢田との最後の会話となった。

フィリピン再訪

その年の十一月、フィリピンを台風が襲い、総人口の一割に当たる約一千万人が被災した。そのニュースをテレビや新聞で見るうち、沢田の血が騒ぎ始めた。フィリピンのことはやはり気にかかった。台風はフィリピンの中部エリアだからルソン島北部に住むアンジェラやノエルには影響はないと思うが、どうしているだろうか。あれから十年以上も時がたっているので、もうそこには住んでいないかもしれない。

沢田にとってフィリピンは挫折感しか残っていなかった。フィリピンのことは忘れて、早く日本の生活に戻ろうと、どちらかといえば避けてきたのだが、台風報道を機に何か心の奥で起き上がってくる感情があった。

東北で羽村に会ったことも気持ちを変えていた。羽村が言った「沢田さんの見えない所で、誰かに何か足跡を残していると思います。僕に残したみたいに」という言葉が心にひっかかっていた。


翌春、仕事が一段落したタイミングで、沢田はついにフィリピンに行くことにした。マニラから特急夜行バスでバギオへ向かう。夜中の四時に到着した。五時間もかかっていない。昔に比べれば早くなったような気がした。バスもベンツ車で快適だった。

沢田は、予約していたクイーンズホテルで少し眠った。

昼食後、タクシーでルナスに向かった。

車窓から見る景色は昔と変わっていない。森林伐採が相変わらず進んでいるのか、はげ山が多い。山の絶壁に止まるように家々が並んでいる。すべてが懐かしい。抑えようとしても抑えようとしても涙があふれてくる。

ノエルやアンジェラに会いたいという気持ちは募るが、怒らせるような別れ方をしたのだから、会わない方がいいのではないかとも思う。

会って何を言えばいいのか皆目見当がつかない。謝るべきなのだろうか。いや、きっともう昔のことは忘れている。もう結婚して幸せにやっているかもしれない。あんなかわいい娘が独身でいるわけがない。そんな所に何で今さら会いに行かねばならないのだろうか。果たしてそこに住んでいるのだろうか。会えないかもしれない。じゃあ、なぜ自分は行くのか。単にセンチメンタルジャーニーなのか。さまざまな思いが交錯する。

タクシーはヘアピンカーブをどんどん下っていく。アンジェラの家に近づくにつれ、胸が高鳴ってくる。心臓がはちきれそうだ。今からでも引き返そうか。沢田は近づくにつれ臆病になっていく。

沢田はタクシーを下りた。懐かしい町並みを眺めている。昔と変わっていないように見える。沢田は黙って歩いた。アンジェラが店番をしていた簡易雑貨店の前まで来るが、店の中には、誰もいない。

ふと気付くと、可愛い女の子が、物珍しげに沢田を見ている。小学生ぐらいだ。

沢田はほほえみ、

「……こんにちは。キミの名前は？」

すると、店の奥から声が聞こえてきた。

「シホ・カミール！　ご飯だよ！」

聞き覚えのある声、シンディだ。

少女は、出てきたシンディの後ろに隠れるように立った。

シンディは沢田に気づき
「！…イツキ…？」と声をあげた。沢田も微笑んで、握手を交わした。

「久しぶり！　元気だった？」

「うん。君も変わりない？　この子は？」

「イツキとシホの二人で出産を手伝ってくれたじゃない。あのとき生まれた娘。マイ・ジャム（私の宝物よ）」

「ええっ、大きくなったなあ」と沢田は目を見張った。そして、アンジェラのことを尋ねた。

「…アンジェラなら、去年、引っ越したわよ」

「えっ、引っ越し……」

シンディがアンジェラの移転先をメモに書いてくれた。沢田は、そのメモを頼りにアンジェラの住まいを探す。ルナスとはかなり環境の違うトリニダッドの住宅街に来た。とあるアパートの前まできた。

沢田は、メモを見ながら来て、一室をノックした。少し待つと、ドアが開いた。中からアンジェラが顔を出した。一瞬間があったが、二人はすぐにお互いを認識した。アンジェラは、「イッキ」と言いながら抱きついてきた。フィリピーナは表現がストレートだ。

アンジェラも、沢田に会えたのが嬉しくてしょうがないようだ。矢継ぎ早に質問しようとするが、自分を落ち着かせ、沢田を室内に招じ入れた。

室内は広く、暮らし向きが良くなったことを感じさせる。

沢田はソファに腰掛け、しばらくアンジェラの話を聞いていた。今も独身で、近所のココナッツ菓子工場で働きながら、夜は学校に通っているという。沢田は黙って聞いていた。まだアンジェラの生活が変化した理由はわからない。アンジェラは、沢田にコーヒーを入れてくれる。テーブルにコーヒーカップを置くと、アンジェラは、今度は強い口調で話し始めた。

「ずっとイッキに謝りたかったの。最後に別れる時、『貴方は何も分かってない』なんて、一方的に酷い事言っちゃって…」

「…いいんだ。ホントの事だから」

「あなたのカメラは私たちの宝物よ」とアンジェラは壁を指さした。そこには、沢田が撮影した写真が、ところせましと貼ってある。その中には、最初に撮った、沢田とアンジェラ、ノエルの三人が写った思い出の写真もある。

沢田は、壁の写真を懐かしい想いで見ている。一番端に、見覚えのない炭鉱夫の白黒写真が額に入れて飾ってある。よく見ると、写っているのはまだ子供だ。子供の顔も服も泥だらけで異様な雰囲気を醸し出している。鉱山労働者の過酷な現実が説得力を持って表現されている。写真の前には、トロフィーもある。

「この写真はひょっとして」

「そう、ノエルが撮ったの。あれから、ノエルはすっかり写真好きになって、撮った写真をコンテストに応募したら、その写真が「ニュース写真コンテスト金賞」をとったの。それで、ノエルはプロのフォトグラファーになれたの。すべて貴方のお陰よ。イツキ」

沢田は、なぜアンジェラの暮らしがよくなったのかを理解した。その時、玄関から、誰かが入って来る音が聞こえた。

「アンジェラ、来週、撮影でミンダナオに行くよ」

かつて沢田が使っていた古いカメラを首から下げた若い男が部屋に入って来るではないか。

「……ノエルか？」

男はもちろんノエルだった。かつての面影が残っていた。

「！　イッキ⁉　ホントにイッキ⁉

あなたの残してくれたカメラと、『写真は気持ちで撮るんだ』という言葉で、コンクールに入賞したんです！」

ノエルは一気にまくしたてた。

受賞が評価され、カメラマンとして通信社に就職したという。

沢田は驚いた。こんなことがあるのだろうか。自分は、仕事でノエルにカメラを教えていたわけではない。居場所を求めてアンジェラとノエルの家を訪ねた。そのうちルセナの貧しい現実を知ろうと通うようになった。ノエルにカメラを教えていたのは、その言い訳に過ぎなかったのかもしれない。

もっともらしいことを言っていた自分が恥ずかしいとも思う。それなのにノエルは、真正面から自分の言葉を受けとめていた。

そうか。技術はこうして伝わるのか。

自分が教えなくとも、人間は、必要と思えば勝手に技術を盗むのだ。

本気で教えようと思ったロナルドは全く学ぼうとはしなかったが、半ば遊びで教えていた子どもが、こんなに理解し吸収する。

こんなこと、協力隊の訓練所では教わらなかった。

「イツキに会えたから、僕は…。ありがとう。本当にありがとう…」とノエルは沢田を抱きしめた。沢田も無言でノエルを受けとめた。すると、アンジェラが突然、

「イツキに、見せたいものがまだあるの」と外出する準備を始めた。

沢田は、アンジェラ、ノエルに連れられてルナスの通りを歩いていた。川が流れ、釣り橋を渡った。青々としてうっそうと茂る森や林は何も変わっていないように見えた。

川を渡りきると、以前にはなかったオーガニック農園が目の前に広がった。沢田は驚いた。

鉱山で見たことのある顔が何人か記憶にあった。皆、顔色がいい。水をまいたり、トマトを収穫したり。化学肥料や農薬を使わない農園は、働く人たちの顔も健やかにしていた。

アンジェラが説明する。

「賞を獲ったノエルの写真を、私が環境ＮＧＯやキリスト教団体に持って行って、寄付を募ったの」

ノエルが続けた。

「そのお金で、アンジェラがこのオーガニック農園を始めたんだ」

「これが現金収入になれば、金鉱に頼らずに生きて行ける。そうなれば、砂金を精錬する薬品も使わなくなるから、生活環境も良くなると思って」とアンジェラは説明した。沢田はうなずくしかなかった。想像もしていなかったことが目の前で展開されている。

次に沢田が連れられて向かった先は教会だった。

アンジェラが、

「教会も建ったわ。これで皆、礼拝出来るし、集会所としても使える」

「……君達は、凄いよ」

沢田は目の前の現実に圧倒されるばかりだった。

「…みんな、あなたのお蔭よ、イツキ」とアンジェラ。

「そんな、俺は何も…」と声がつまった。ノエルが、

「イツキの言う通りだった。たった一枚の写真でも、多くの人の心を動かす事が出来るかもしれない。新しい道が開けるかもしれないって」

沢田は、少し照れた。アンジェラは、

「ほんのちょっとだけど、新しい道が開けたの」

沢田は、改めて、教会や農園のある風景を見渡し、胸が熱くなった。

三人は、教会に入ろうとした。その時、後ろから声がかかった。

「ノエル。悪いけどこっち手伝ってくれないか。今日中にトマトを市場に持っていかなきゃならないんだ」

かつて、鉱山で働いていたノエルの知り合いだった。ノエルは、

「OK、いいよ」といいながら、振り向いて手伝いに行った。

沢田とアンジェラは、そのまま教会の中に入った。

二百人は十分に入れそうな広い礼拝堂だった。全て木造で、窓から入ってくる風が木の香りを運んでくる。正面はステージになっていて、木製の十字架が飾られていた。広くて明るい部屋の真ん中に、二人はポツンと立っていた。ときどき、チチチチと鳥の鳴き声が

聞こえた。

沢田は、アンジェラの方を向いて語りかけた。

「ここを訪ねる前に、取材で立ち寄ったところがあるんだ。ルセナという町。ＪＩＣＡの職員に面白い情報を聞いたから行ってみたんだが、その町には車いすに乗った身体障害者の日本人男性が五人住んでいた。みんなそれぞれ現地の女性と結婚し、幸せな家庭を築いていた」

「障害者の人だと、生活は大変よね？」とアンジェラ。

「どうやって生計をたてているかというと、日本から送られてくる日本人男性の障害者年金なんだ。十万円と少しぐらいなんだけど、フィリピンだと、それで十分家族を養えるというわけさ」

アンジェラは、目を丸くして聞いている。沢田は続ける。

「僕が驚いたのはお金のことではなく、フィリピン女性たちの献身的な態度なんだ。日本では障害者の結婚は難しい。でも、フィリピンの女性たちは全く障害を気にとめないようなんだ。毎日ケアが大変だけど、フィリピーナのホスピタリティーは全く凄いと思ったよ」

アンジェラは、聞いている。沢田は続ける。

「フィリピン人のホスピタリティーといえば、もう一つ驚いたことがあるんだ」

「なあに?」

「これは、マニラで発行されている邦字新聞の記者に教えてもらったんだけど」

「そんな新聞があるの? 知らなかった」

「マニラにはたくさんの日本人がいるからね。その日本人の中でも、ものすごく貧しくて、喰うや喰わずの日本人がいるんだ」

「えっ、貧しい日本人なんて見たことないけど」

「フィリピンに来た時にはお金があるんだけど、フィリピンで遊びすぎたり、泥棒にあったり、騙されたりで一文無しになる日本人もいるんだ」

アンジェラは、驚いて聞いている。

「そんな日本人は、国に帰る飛行機代もないいんだけど、彼らもこの国で何とか生きていけているんだ。仕事もないいんだけど、だれが食べさせていると思う?」

アンジェラは、首を横に振った。

「フィリピンの人なんだ。フィリピン人から施しを受けている。僕が実際に見た日本人男性は、フィリピン人の屋台を引っ張ってるおばさんに食事を分けてもらっていた。そのおばさんだって、けっして裕福なわけじゃない。小さな屋台で食事を売っている人だよ。貧しい人を見ると、どこの国の人であろうと助ける心があるようなんだ。他の国で、そんな話聞いたこともない。本当にフィリピンは凄い」

アンジェラは、

「フィリピンでは普通のことなんだけど」と首を傾げている。

沢田は何か考えている。そして、確かめるようにアンジェラの目を見つめた。向き合ったままの二人の向こうから、十字架（クロス）がじっと二人を見おろしているようだった。

それから一週間がたった。沢田は日本にいる母奈津子に手紙を書いた。

拝啓　沢田奈津子様

母さん、長い間心配をかけてすみませんでした。今日、僕は大きな決心をしたので、母さんに報告したいと思います。

今回、十二年ぶりに、二人のフィリピン人に会いました。ノエルという青年と、その姉のアンジェラという女性です。ノエルは、十分な教育を受けていないのに、写真を心で撮ることができます。彼の写真を見てそう思いました。自分は、小手先でしか写真を撮れないのに、彼は心で撮れます。それは、彼の方が自分よりもどん底を知っているからでしょう。どん底を知っている者の方が強い表現ができるし、憎しみを美しく昇華する可能性を秘めているのです。ジャズが楽しく、ブルースが切ないのは、アフリカの黒人奴隷たちの苦難がベースにあるからです。フラメンコが情熱的なのは、ロマ（ジプシー）の怨念がベースにあるからだと思います。姉のアンジェラも貧しい中で育ち、学校もあまり行っていませんが、とても素直な女性です。

僕は以前、カンボジアに行き、気づいたことがありました。カンボジアでは、教育を受けた都会の人たちは、ポル・ポトに虐殺され、教育を受けていない人たちばかりが残されました。でも、僕は、その時、その人たちの無意識がとても美しいことを発見しました。人間の原初的な姿を見た気がしたのです。

以来、僕は人間が信じられるようになりました。お母さんも知っての通り、僕はひねくれています。それは、人間を信じることができなかったからです。

日本人は、いい大学や大きな会社へ入ろうとして必死に頑張っています。お金や地位や名誉を求めているからです。もちろん、それは大事なことですが、人間には、いろいろな価値観や可能性があると思っています。それを僕はフィリピンや世界から学びました。

世間から見れば僕は落ちこぼれです。競争社会では、負けた人間は勝った人間を憎むようになります。それは自然な感情です。奢る人間は汚れているように見えるからです。そして、人間不信に陥り、善意を持った人間が信じられなくなるのです。ボランティアなんてもってのほかなのです。

しかし、そんなひねくれ人間を変えることができるのは、美しい無意識なのです。それが、人間がもともと持っていた心だとすれば、僕は人間を信じることができるし、もう一度信じようと思っています。

われわれ先進国の人間は、教育を受けて物質的には裕福です。しかし、教育がすべてではないのです。教育は人間を無意識から意識の世界へ導きますが、その課程で、ずるさ、計算高さも教えてしまいます。教育は良さも悪さも内包しています。教育を受けながら、なおかつ美しい無意識を保持するのは至難の業です。僕は、宝石のように無意識の美しいフィリピンの人たちと出会いました。

それは、意識と無意識が出会ったともいえるし、文明と非文明がクロスしたともいえます。だからといって僕は、非文明をバカにしているわけではありません。僕は実際、カンボジアで非文明の心に助けられ、癒やされました。多分、フィリピンでもそうだったのだと思います。

そういうわけで、僕はこれからフィリピンで、彼らと共に生きていこうと思っています。意識で汚れた自分と無意識が透明な彼らと上手くやっていけるかどうかはわかりませんが、彼らに恩返しをしたいし、日本とフィリピンの架け橋になりたいと思っています。当面は、共同農園の手伝いをしたり、知られざるフィリピンの取材をしたりします。住む所も農園の家を無料で提供してもらっています。

僕はフィリピンに来て、自分が何も知らないことを気づかされました。そして、もっと世界を知りたいと思って地球を回りました。それで帰ってきたのがフィリピンだったのです。僕の青い鳥はフィリピンにいました。

母さん、僕はこれからの生活について決めたら帰国しますが、取り急ぎ、僕の見つけた青い鳥について報告をしました。あまり驚かないでください。そして、母さんが思っていたようには育たなかった、わがままな息子を許してください。

そのうち、親父にも報告に行こうと思っています。
それまで、元気で待っていてください。敬具

フィリピン・ルセナより

沢田樹

あとがき

私は、映画「クロスロード」のエグゼクティブプロデューサーとして、ロケはもちろんのこと、映画の全行程に携わってきた。企画段階から数えると三年になる。船頭多くして、映画はどこにいくのだろうとやきもきすることもあったが、いい着地点に到着したと思っている。

キャスティングもロケも決まった今年に入って、ノベライズ（小説）も出すことになり、その役が私に回ってきた。私は元協力隊員で、シナリオができる全行程を把握しているし、主人公のいるジャーナリズムの世界も知っていて書きやすかったからである。

この作品は、多くの事実を基に作り上げられている。吉里吉里での復興の話や、訓練所の名物所長（実際は事務局長）が、クーデターでも帰国命令を出さなかったという話、物乞いの少年にパンを差し出されたり、看護師が「貧しいから赤ん坊を生みたくない。堕胎してくれ」と頼まれたり、ドジョウの養殖の話から日本兵と戦った長老が助けてくれた話、派遣国に定住してしまった隊員の話まで、実際にあったことを土台にしている。

映画のテーマである「ボランティアが偽善かどうか」は、私にとって面白いテーマではあるが、そんなに重要な問題ではない。私も隊員時代、主人公のようにボランティアは偽善だろうと思っていたし、今でもそんなに見え方は変わってはいない。ボランティア活動は、しばしば相手をスポイルしてしまう。よかれと思ってやったことが、相手の依存心を高めてしまうことがある。アフリカなど、世界中から援助が集まるから、多くのアフリカ諸国は援助なしでは立ちゆかなくなっている気がする。

日本が明治時代にうまく発展できたのは、自力で外国人を雇い、彼らの技術や知識を吸収したからだと思う。お雇い外国人はボランティアではない。日本は、彼らに当時の総理大臣よりも高い給料を払っていた。だから、必死に学んだのだ。それぐらい対価を払ったから真剣に学ぶというのも人情ではなかろうか。

では、ボランティア精神を持たずに他国の中に入っていけるかというと、それも難しい。本編にもあるように、自分の知らないコミュニティーに入っていくとき、「何かお手伝いしましょうか」と言いながら入っていくのは当然の心構えだろう。ボランティアの意味とは、それぐらいのことでも差し支えないように思う。

では、隊員は何のために派遣されるのだろうか。もちろん相手国のためでもあり、日本のためでもある。救われるのは誰だろうか。相手国の人たちであり、隊員自身でもある。

協力隊体験は私にとっては大きな旅であった。なぜ人は旅をするのか。その答えの一つが「気づき」があるからだ。常識とは異なる新たな発見があるからだ。発見があれば、そのたびに世の中の見え方が違ってくる。気づきが多ければ多いほど、人生は豊かになる。それが、協力隊活動が本来持っている醍醐味に違いない。

映画ができるまでには多くの人たちのお世話になった。スタッフ、キャストだけでも五十人以上、企画した青年海外協力協会（ＪＯＣＡ）の会長や理事だけでも二十人を超えた。協力隊ＯＢ、ＯＧを入れると四万人にも及ぶ。皆さん、本当にありがとうございました。

最後に、小説の原案となったシナリオの脚本・監修をしていただいた福間正浩さん、脚本の佐藤あい子さんには感謝しております。福間さんは、何度も何度も書き直しに応じて下さり、血の滲むような作業をしてくださいました。

小説を書く機会を与えてくださいましたＫＫロングセラーズの真船壮介さん、富田志乃さんにも最大限のお礼を申し上げたいと思います。

二〇一五年十月二八日

吉岡逸夫

吉岡逸夫（プロフィール）

東京新聞元編集委員。桜美林大学非常勤講師。青年海外協力協会理事。愛媛県生まれ。米国コロンビア大学大学院ジャーナリズム科修了。青年海外協力隊員としてエチオピアTV局、難民救済委員会で約三年間活動。紛争地など六八カ国を取材。東京写真記者協会賞、開高健賞、テレビ朝日やじうま大賞を受賞。二〇一二年にMXテレビのコメンテータを務める。著書に「漂泊のルワンダ」（牧野出版）、「なぜ日本人はイラクに行くのか」（平凡社）、「白人はイルカを食べてもOKで日本人はNGの本当の理由」（講談社）など多数。ドキュメンタリー映画「アフガン戦場の旅」「笑うイラク魂」「戦場の夏休み」などを監督。映画『クロスロード』のエグゼクティブプロデューサー。オフィシャルホームページ　http://yoshi.net

Special Thanks

独立行政法人　国際協力機構（ＪＩＣＡ）
　　　　　　　ＪＩＣＡ青年海外協力隊事務局
公益社団法人　青年海外協力協会（ＪＯＣＡ）
ＬＤＨ
フレッシュハーツ
東映エージエンシー
ポイント・セット
八大コーポレーション
中日新聞東京本社（東京新聞）
桜美林大学
アーク　青い地球の子供たち

芳賀正彦（ＮＰＯ法人吉里吉里国）
渡辺樹里（元青年海外協力隊員・ドジョウ養殖）
内田富男（明星大学）
古矢雅一（日本経済新聞社）

佐々木浩子（エピソード提供）
上田敏博（エピソード提供）
加藤亮（エピソード提供）
大平晋丈（エピソード提供）
反町眞理子（資料提供）
水谷竹秀（参考文献「日本を捨てた男たち」著者）

すずきじゅんいち（映画「クロスロード」監督）
香月秀之（映画「クロスロード」プロデュース）
櫻井一葉（映画「クロスロード」プロデューサー）
香月柳太郎（映画「クロスロード」ＪＯＣＡプロジェクトチーム）
河津邦宜（映画「クロスロード」ＪＯＣＡプロジェクトチーム）

小説の取材にご協力頂いた方々（敬称略）と団体です。その他、映画製作を含め、お世話になった方々はたくさんいます。心より感謝いたします。

吉岡逸夫

クロスロード

著　者　　吉岡逸夫
発行者　　真船壮介
発行所　　KK ロングセラーズ
東京都新宿区高田馬場 2-1-2　〒 169-0075
電話（03）3204-5161（代）　振替　00120-7-145737
http://www.kklong.co.jp

印　刷　（株）暁印刷　製　本　（株）難波製本
落丁・乱丁はお取り替えいたします。※定価と発行日はカバーに表示してあります。
ISBN978-4-8454-2371-2　C0093　Printed In Japan 2015